COLLECTION FOLIO

Laurine Roux

Une immense sensation de calme

Gallimard

Professeure de lettres modernes et écrivaine, Laurine Roux est l'autrice d'un premier roman, *Une immense sensation de calme*, récompensé par le prix SGDL Révélation 2018. Elle écrit également des nouvelles et de la poésie. Le prix international de la nouvelle George-Sand lui a été remis en 2012.

À Louison et Violette

À présent il faut que je raconte comment Igor est entré dans ma vie. C'était la fin de la saison froide, j'avais passé l'hiver dans la maison des frères Illiakov.

Un matin, un homme arrive près du lac où je ramasse les nasses. C'est lui. À une centaine de pas de moi, il s'immobilise. Un oiseau aux ailes larges traverse le ciel, Igor sourit. Mille ans de solitude et de détermination frémissent à ses lèvres. Il se tient au bas de la falaise et regarde là où les hommes ne peuvent aller. Je le vois se plaquer à la paroi. Sa main est grise comme le caillou, son esprit dur comme le calcaire. J'ai l'impression qu'il va être avalé par la montagne, appelé par ses rondeurs de femme. Lui la comprend avec ses doigts. Bientôt ils évoluent ensemble, amants sauvages que la nature réunit clandestinement.

Igor n'est pas un homme. Il répond à des instincts. De même qu'on ne demande pas à un renard pourquoi il creuse un terrier, on ne peut exiger d'Igor qu'il explique pourquoi courir dans cette direction plutôt qu'une autre. Il en est incapable. C'est un animal. J'aurais pu le deviner dès ce premier jour. Tout était déjà inscrit dans ce corps-à-corps avec la roche. J'aurais également pu me douter que beaucoup de mes questions resteraient sans réponses.

Il grimpe le long de la falaise. Ne regarde pas en bas. Son esprit se disperse dans chacune de ses cellules, condensé dans l'effort, sans aucun autre but que celui de former le geste pur. Bientôt mon corps est secoué, aspiré vers le sien. Mais Igor continue à monter sans se préoccuper de moi.

Alors je sais. Il faudra attendre. Je ne serai pas seule. Il y aura les algues et le vent. Les cristaux, la glace et le sang. La terre est sa couche, la pierre sa maîtresse. À l'image des animaux qui n'ont pas de partenaire d'élection, Igor fait feu de tout bois. Pour lui, l'amour est partout. Quand il passe une journée à couper des bûches, son corps entier tend vers la matière. On peut parler d'amour. Mais je crois, après tant d'années, que le mot n'est pas complètement juste. Dans son cas, le désir provoque des arrêts et des observations. Il examine, explore. Son amour est pareil à la glace qui brûle à force de froid.

Lorsqu'il descend de la falaise, Igor s'approche de moi. Tout près. Il me regarde sans un mot. Le bleu délavé de ses yeux a l'acuité du métal, mais il est surtout immense, comme si un bout du ciel s'était détaché pour tomber là en deux petites taches rondes et azurées. Je ne comprends pas vraiment ce qui se passe, si cet homme me regarde ou voit au-delà, je sens juste mon pouls battre à tout rompre et ma tête se remplir d'un liquide bleuté noyant, au-delà de mes pensées, toute ma personne.

Cela dure un instant ou de longues minutes, je ne saurais le dire car le temps vient de s'abstraire du monde. Le regard d'Igor abolit mon être. Il m'absorbe et arase toute autre réaction qu'un immense afflux de sang. Partout dans mon corps mille particules soulèvent mes membres, et c'est à la fois de la peur et de la glace, du miel et de la lavande. Je comprends de moins en moins ce qui se passe, je sens seulement arriver, comme une lame de fond, un grand tremblement qui me saisit des pieds à la tête. Je finis par lâcher la nasse qui retombe dans le lac. Je ne peux déterminer de laquelle, la peur ou la joie, je suis la proie, médusée par la fixité du regard d'Igor. Le sang fourmille à mes tempes puis coule en nappe de chaleur dans mes joues, mon cou, le long de mon œsophage, emplit ma poitrine devenue nid, se répand dans mon ventre devenu antre, et je finis en flaque chaude, entièrement molle, prête à disparaître dans les boues du lac.

Igor me fait signe de rattraper la nasse. Je la hisse hors de l'eau et reste figée, aussi visqueuse et piégée que les poissons, à la merci de cet homme sorti de la montagne. Il m'attrape par le bras et me raccompagne à la ferme des frères Illiakov. Mon corps s'ébranle, petit à petit la peur se dissipe. Je marche et tout mon être dit oui. Oui à ses yeux, oui à ses mains, oui à la surface totale de sa peau. Oui à son odeur, à ses gestes. Je me plie indivisiblement à tout son être, à son passé et à son futur. Au-delà, je dis oui à tous les endroits où il m'emmènera ainsi qu'à tous ses désirs, quelles que soient les folies où cela me conduira. Je suis à la fois faible, aveugle et infiniment pleine.

J'apprends qu'Igor vient payer les frères Illiakov. Pendant l'hiver il a vendu leur poisson séché aux vieilles restées dans les cabanes. Incapable de marcher dans la neige à cause de sa jambe de bois, Dimitri le charge de la tournée hivernale contre deux bourses de khoraks. Aux premiers bourgeons, Igor rapporte le pécule amassé.

Les jours qui suivent ma rencontre avec lui ont la consistance d'un songe. J'accomplis mécaniquement les gestes du quotidien, mon corps aimanté par le sien. Mon désir tisse un fil vers lui et bourdonne tout autour de moi. Lui continue simplement de faire ce qu'il a à faire.

Le matin de son départ, une inquiétude me taraude. Il me semble impossible que ce fil supporte le moindre éloignement. Il s'est hameçonné si profond dans mes chairs qu'il m'éventrerait. Olga, la femme de Dimitri, a beau me demander d'aller puiser de l'eau ou de retourner les omouls dans l'appentis, je n'entends plus rien et fixe seulement Igor en train de couper du bois. Cela dure des heures pendant lesquelles mon ventre ne cesse de se tordre.

Une fois le soleil au-dessus de la cabane, les hommes rentrent et Igor se dirige vers moi. Il me saisit par le bras et me force à me lever. Puis il me tire vers la porte et m'emmène jusqu'à la falaise. Là, il plaque sa bouche contre la mienne et boit mon essoufflement. Il explore mon corps aussi sûrement qu'il a parcouru la paroi et découvre des chemins que j'ignore. Sous ses mains je deviens argile, mica, rivière et palpitation. Il s'accroche à mes cheveux comme on s'agrippe à un buisson, respire mon cou comme on giboie. Notre souffle a des sons de houle. Je suis jeune mais pour la première fois je me sens entière et ma chair comprend qu'elle est chair de femme. Enfin mon corps s'apaise.

Quand nous revenons dans la cabane, Olga me regarde bizarrement. Elle m'attrape le poignet et m'emmène rudement dans la chambre. Je me sens ballottée. Elle soulève ma jupe et glisse sa main entre mes cuisses. Ses doigts empestent le poisson, j'ai le cœur en remous. Quand elle les en ressort, ils sont maculés de taches coquelicot. Elle s'essuie contre son tablier et prend son élan. Je me tiens prête car je sais ce qui va se produire.

La claque est brutale. C'est ainsi que la tradition honore les filles devenues femmes.

Puis elle me presse contre ses seins gonflés. Une mère n'aurait pas réagi autrement. Olga a une réserve pleine à ras bord de bonté. Lorsqu'elle retourne dans la pièce principale, je l'entends parler en aparté à Pavel et Dimitri. Ils hochent la tête. La famille Illiakov vient de décider ; je reprendrai la route avec Igor.

Cet après-midi-là, je le suis jusqu'à la cabane de la vieille Grisha. Elle attend Igor sur le seuil, en silence, comme on attend le passage des saisons. Quand elle l'aperçoit, elle retourne à l'intérieur pour en rapporter une hache. Je m'assois sur un rondin à côté de l'entrée et regarde. Ils ne parlent pas, chacun de leurs gestes se cale en métronome. Tendre la hache. La saisir. Abattre la hache. Hocher la tête. Les coups ressemblent à des secondes enrayées. Et le temps, pareil à la vie de la vieille Grisha, s'arrête. Le ballet est en coton et rigoureux. Le pacte ancien. Il n'y a plus de place pour la parole. Il suffit de veiller à ne pas avoir trop froid.

La vieille Grisha ressemble à toutes les babas qui n'ont pas quitté la forêt. Il y a longtemps, la guerre a ravagé le pays et elles sont restées veuves. Igor va de cabane en cabane ; les aide à couper du bois, en échange de quoi elles lui donnent un billet. C'est mécanique, leur cœur a séché depuis trop longtemps et elles ont oublié ce que cela signifie d'être aidée par un homme. Parfois, quand le souvenir remonte dans la gorge des plus fragiles, elles essaient de pleurer. En vain. Avec les années, tout est devenu trop sec. Alors Igor reste sur sa chaise. Il continue à boire son tcha et laisse la douleur au bord de leur bouche. Le souffle du samovar berce la pièce et les sanglots avortés. Toujours le silence épaissit le temps.

Igor a fini de couper les bûches. La vieille lui glisse un billet dans la main, il lui tapote l'épaule. D'un geste vague il m'indique la direction de la falaise ; nous nous remettons en route. Il faut rejoindre une cabane dans la vire du troisième kern. Depuis la maison de la vieille Grisha, trois heures de marche mènent à ce trou de vie creusé par l'effort et poli par la solitude. Sur le chemin, j'ai peur. La crête marneuse est raide. Mais elle seule permet de quitter la forêt et de gagner le pied de la paroi. Mes semelles s'enfoncent dans cette chair de pierre molle. À chaque pas je manque de déraper. Igor avance en équilibre sur le faîte et je glisse mes pieds dans ses pas, cesse de peser, presque d'exister. Mon ombre se confond à son ombre. J'ai souvent cette impression d'être aspirée jusqu'à m'évaporer dans son sillage. Cela ne me paraît pas insensé. Ce n'est pas sage non plus. C'est ainsi.

Un jour, juste avant de quitter l'école, une femme était venue de l'hôpital de Varatcha pour donner les conseils qu'il fallait aux filles qui grandissaient. Elle avait parlé de médicaments et de précautions. Dans sa bouche, les hommes devenaient des monstres. Elle nous avait fait peur en décrivant des créatures au pantalon prêt à exploser, sur le point de nous gober. J'en avais parlé à Baba, qui m'avait rassurée. Il suffisait d'observer la Lune et le Soleil. Les réponses aux questions des femmes se trouvaient là-haut. La Lune commandait notre sang. Elle était notre mère. Plus petite et moins forte que le Soleil, elle était plus douce et légère. Comme elle, les femmes pouvaient se creuser jusqu'à devenir miettes. Pourtant, au plus fort de l'obscurité, la lune nouvelle continuait à diffuser son paisible halo. Chaque soir, la même histoire se répétait : le Soleil allumait ici ou là quelques brandons de colère, furieux de devoir quitter le monde, mais déjà la nuit mollissait l'incendie de ses vapeurs mauves, lénifiait sa violence pour laisser place au coassement gris du crapaud. Alors la Lune faisait apparaître son front, festonnant de lumière le contour des arbres, modeste dentelle, et, timide, s'élevait dans le ciel, si simple et ronde qu'on pouvait l'observer à l'œil nu car elle n'avait aucun artifice à cacher, aucune blessure à taire, laissant voir à qui voulait s'en moquer les cratères poussiéreux maculer son corps blanc. Ainsi en avait-il été depuis des lustres et en serait-il tant que l'homme serait homme et la femme, femme.

Il fallait donc que je cesse de m'inquiéter. Baba avait remonté la couverture sous mon menton, m'avait caressé les cheveux et demandé de ne jamais oublier les clairs de lune. Ses paroles m'avaient calmée et s'étaient mêlées à mes petits ronflements.

C'est en m'engouffrant dans les pas d'Igor que le souvenir de Baba a germé dans ma tête. Baba fait partie des morts qui ne me quittent jamais. Je suis Igor jusqu'à ce qu'on arrive au premier kern. En tombant dans la vallée, la nuit a rendu la marne aussi gluante que du goudron. Nous reprenons la route en silence. De temps en temps la sente disparaît contre la roche et il faut marcher au-dessus du vide pour retrouver un plat plus loin. Je repousse la peur, me presse contre Igor. Derrière lui, sur ce chemin de montagne, mon corps se réveille. Je deviens renard. Agile et intrépide. Mes jambes fléchissent à l'appui et s'allongent en bond, je renifle les baies et je halète. Je deviens femelle.

Baba, c'est certain, nous suit du regard.

Enfin nous arrivons. Tochko nous attend sur le seuil de la cabane. Immobile depuis des heures ou une minute, personne ne saurait le dire. Il tapote l'épaule d'Igor comme on tâte un matelas. Tochko lui palpe ensuite le bras, la main, et passe la sienne sur son visage. Puis il dit *C'est bien*, et nous rentrons.

À la lueur de la résine qui brûle dans les coupes, je vois les billes blanches dans ses yeux. Tochko est un Invisible. C'est la première fois que j'en rencontre un. Les aînés disent qu'il s'agit d'hommes sans âge qui chassent à main nue. Souvent, au coin de la cheminée, les enfants racontent à leur propos des histoires effrayantes, peuplées d'hivers rudes qui pèlent les arbres. Ils racontent que lorsque les branches sont plus sèches que couenne de jambon, lorsque les animaux sont rencognés dans leur nid, alors les Invisibles descendent dans la vallée. Avec un peu de chance ils ne volent qu'une chèvre ou une brebis. Mais si les bêtes ne sont pas assez grasses, ils emportent le plus jeune des enfants. À ces mots, les mères font taire les petits pour empêcher le mauvais sort. Tout le monde va se coucher en priant pour que l'histoire reste une histoire et que le lendemain le benjamin se réveille sain et sauf. À force d'entendre ces récits, on ne sait plus quelle en est la part de légende : on sait seulement qu'il vaut mieux éviter de rencontrer un Invisible. Eux seuls portent au poignet les couleurs interdites – une torsade de fils qu'on devine rouge et blanche derrière la crasse. Les vieilles, elles, défendent de prononcer jusqu'à leur nom.

Quelques jours avant de rejoindre le monde du Grand-Sommeil, Baba m'avait révélé un secret à leur sujet. Puisqu'elle m'avait fait promettre de le taire, j'avais presque réussi à l'endormir dans ma tête. Pourtant un frisson de crainte et de tristesse subsiste lorsque j'entends parler d'eux.

Or, voilà qu'Igor m'a conduite dans la cabane de l'un d'entre eux. Il semble connaître l'endroit. Prend les verres sur l'étagère, met les bûches dans le foyer. Ces gestes de grand-mère me rassurent mais je ne parviens pas à détourner la tête du regard blanc de Tochko. Il s'est assis dans un fauteuil à bascule et semble m'observer depuis le linceul de ses yeux. Il me fait signe d'avancer. Comme cela se passera toujours dans les situations délicates, Igor me rassure en restant absorbé dans des tâches simples. Continuer à s'occuper du feu. Préparer du tcha. Ce calme répand autour de lui un périmètre ouaté dans lequel les battements de mon cœur s'assouplissent, où la peur devient une pâte de plus en plus molle, jusqu'à disparaître. C'est ainsi qu'Igor toujours m'apaisera. C'est ainsi que je m'approche de Tochko.

Je suis debout devant l'Invisible. Lui assis. Il m'attrape par la taille et passe ses mains rugueuses sur mon corps. Il palpe mon cou, mes seins, mon ventre, mes cuisses et mes mollets. Puis il dit *C'est bien.* Igor lui sert un verre de tcha, m'en sert un, nous buvons en silence.

Pendant la nuit, j'entends Tochko se lever. Il dépèce un des lapins suspendus aux crochets de l'entrée pour préparer une sorte de soupe de viande. La cabane sent le vieil os et j'ai du mal à me rendormir. Les gestes de Tochko sont carrés. Aussi bruts qu'un pan de roche. D'une main lourde il réveille Igor. Tous deux boivent la soupe et s'habillent pour sortir dans l'obscurité. Lors de cette nuit, je découvre l'importance du renoncement. Je comprends qu'il faudra oublier l'inquiétude et les explications. Les minutes qui passeront seront mes compagnes. Les heures et les jours, des frères d'attente. Je les remplirai de jeux en attendant son retour. Car à chaque fois il reviendra. À cela non plus il n'y aura pas d'explication. Alors je me rendors dans la vapeur d'os et de viande.

Le lendemain, la cabane reste vide. Je sors

chercher du bois pour nourrir le feu. Les traces d'Igor et de Tochko se perdent dans la piste à flanc de falaise. L'hiver est encore proche et le froid perce mes vêtements. Je joue un moment à marcher sur les feuilles beiges, le sol du kern en est recouvert. Une espèce de tapis de rouille, humide et doux qui chuinte sous les pas. Puis je choisis de ne plus marcher que sur les feuilles brunes, noircies par le gel. C'est plus dur, il y en a moins.

Quand Ama était à l'hôpital de Varatcha, nous allions la voir tous les jours avec Apa. J'étais très jeune, les souvenirs ne sont pas bien fixés. Mais je me souviens des feuilles. Comme Ama était trop fatiguée, je ne pouvais pas rester dans la chambre. L'infirmière me conduisait dans le jardin en attendant qu'Apa ait fini. C'était l'automne. Les feuilles mortes tapissaient le sol. Je me disais que si j'arrivais à marcher uniquement sur les rouges, Ama guérirait. Quand Apa revenait, il avait les yeux aussi rouges et mouillés que les feuilles. On repartait à la maison sans parler.

C'est à peu près à cette époque que je suis allée habiter chez Baba. Apa ne pouvait plus s'occuper de moi. Depuis que nous n'allions plus à l'hôpital, il avait les yeux de plus en plus rouges et mouillés. Petit à petit il s'était transformé en tas de feuilles mortes.

Jusqu'à être complètement mort.

Cela fait longtemps que je n'ai pas pensé à Ama et Apa. Ils sont rangés dans ma tête comme de vieux habits d'un autre temps qu'on a fini par délaisser. Et un jour, sans trop savoir pourquoi, on les retrouve au fond de l'armoire. Le temps les a abîmés. Ils sentent le renfermé. Mais quelque chose reste intact à travers les ans.

Le jeu des feuilles a traversé l'oubli. Si j'arrive à marcher uniquement sur les brunes, peut-être qu'Igor reviendra ? Mais je ne suis plus une petite fille. Il faut être raisonnable. Ama n'a pas guéri. Alors j'arrête de jouer. Je ramasse des branches couvertes de lichen parce qu'elles font de la fumée sucrée. Puis je rentre pour ravitailler le feu.

Plus tard, j'entends du bruit sur le chemin et j'aperçois Igor et Tochko qui avancent péniblement dans la pente, entre la falaise et la frange de mélèzes. Ils portent au-dessus de leur tête une masse énorme qui rend leur progression presque impossible. De la cabane, je ne peux voir de quoi il s'agit. Ils se fraient un chemin à coups de machette. La masse est tellement grosse qu'on pourrait croire à un ours. Cela ne peut pas en être un. Les Invisibles les vénèrent. On raconte même qu'au temps des grands gels, des couples mi-homme mi-animal se livrent à d'étranges danses sur les glaces du lac Taïgal.

Pourtant, quand Igor et Tochko sont à portée de vue, cela ne fait aucun doute. Ils charrient bien un ours gigantesque au-dessus de leur tête. Une femelle. Du sang coule sur leurs épaules et dégouline le long de leur corps jusqu'à inonder le tapis de feuilles mortes. Toutes désormais sont rouges – mais je n'ai plus envie de m'amuser. Quand ils arrivent près de la maison, je vois un liquide blanc perler des yeux de Tochko. De grosses larmes de lait tombent. Igor avance, mâchoires serrées. Ils laissent choir la bête devant la porte. L'air a la lourdeur du plomb et le goût du sang. Je vais à côté d'Igor, pose ma main sur la sienne. Elle est bouillante. Son visage blême. Il semble accablé.

Nous restons longtemps debout autour de l'ourse. La tristesse épaissit l'air ; on le sent peser sur nos épaules. Nous formons tous trois un bloc de chagrin. Tochko aspire la mort de la bête et cela l'anéantit. Igor aspire l'anéantissement de Tochko et cela le rend bouillant. Moi, j'aspire la chaleur d'Igor pour qu'il n'explose pas telle une cocotte-minute. Et cela me terrasse. C'est ainsi.

Le ciel devenu aussi noir que caillot de sang, Igor allume un feu à côté de la dépouille. Il tend un couteau à Tochko. Ma gorge et mon ventre se serrent. Tochko plante la lame dans la chair encore chaude. Il plonge ensuite sa main dans la poitrine et en extrait le cœur. Des gestes d'accouchement. Plus que jamais, l'ourse est sacrée.

Dans la plaine, il arrive que la folie ravisse une bête du troupeau, que le paysan soit obligé de l'abattre. La femelle grizzli s'était peut-être montrée incontrôlable ? Ou malade au point de contraindre Tochko à l'achever ? Quelle qu'en ait été la raison, une chose est sûre : Igor savait. Et il était venu assister Tochko dans son travail de mort.

Tochko oriente le cœur vers le ciel et marmonne un chapelet de paroles incompréhensibles. Une série de mots identiques et inconnus, dans un ordre à chaque fois différent. Ma poitrine se soulève. Le chant funèbre est rauque et fier. Seuls les Invisibles peuvent en comprendre le sens. Igor vacille sur ses jambes. Je l'aide à rester debout, je ne peux rien faire de mieux. La litanie achevée, Tochko creuse un trou dans le sol et y enterre le cœur. Le sang se mêle à la terre. Il nous en tend une poignée que nous mangeons. Tochko dit simplement *C'est bien* et nous rentrons. Je me sens mal.

J'ignore tout ce qui se passe dans la tête d'Igor pendant le reste de la nuit. Il n'arrête pas de gesticuler dans le lit. Je l'entoure de mes bras pour le protéger. La mort de l'ourse habite sûrement son sommeil. Mais puisque les rêves ne se partagent pas, il est inutile d'imaginer quoi que ce soit. Mieux vaut le serrer fort sans me poser de question.

Si je ferme les yeux, je peux revoir Baba avec sa pipe, le soir, près du feu. Elle attendait que je sois couchée pour sortir la boîte en épicéa pleine de karja. Apa la lui avait fabriquée avant qu'il ne se transforme en tas de feuilles mortes. Elle remplissait le foyer d'un mélange de tabac et de graines pilées au mortier. Avec un long bâton dont elle gardait le bout enflammé, elle allumait la pipe. La cabane se peuplait alors de nuages bleus et d'odeurs de falaise. Baba était assise dans son fauteuil à bascule, la tête en arrière, cela durait des heures. J'aimais la regarder depuis mon petit lit fabriquer ces volutes, telle une cheminée de chair un peu passée.

Les mots sortaient de sa bouche doucement. Les histoires d'un autre temps s'égrenaient en ronds de fumée. La mémoire des babas était trop lourde, il fallait bien que la karja les libère. J'essayais de rester éveillée mais la fumée finissait toujours par clore mes paupières. Les nuits de gel et de karja étaient différentes des autres.

Les histoires de Baba se poursuivaient dans mes rêves. Peut-être qu'avec les ans, les vieilles étaient devenues des bouches de sommeil. Ainsi ai-je appris beaucoup de secrets.

Un soir, Baba m'avait parlé de l'ancien monde. D'habitude, ceux qui l'avaient connu se taisaient. La guerre avait laissé tellement de cicatrices qu'ils faisaient comme si rien n'était arrivé. Comme si personne n'avait jamais disparu. Pourtant, au détour des forêts, on tombait encore sur des carcasses de tanks que le Comité avait oublié de déblayer. Les cours d'histoire ne remontaient pas au-delà de cinquante ans. Avant, ce n'était que légende. Notre génération était la première née après le Grand-Oubli. Nous supposions que beaucoup de réponses aux mystères du monde se terraient là.

Un soir pourtant, Baba avait parlé. Ses mots étaient pleins d'épines et s'épuisaient à sortir de sa bouche. À cette époque elle était proche du Grand-Sommeil. Je m'occupais d'elle comme on s'occupe d'un enfant car elle avait commencé à se dérégler – sans cela, elle serait sans doute partie avec son secret. Les mots étaient tombés dans mon oreille avec la douleur du poison.

Le labourage des champs venait à peine de commencer. Baba avait donné à chaque villageois son bracelet de la Matralinka. Pendant une semaine, elle les avait tressés de fils rouges et blancs. Chacun devait porter le sien en attendant d'apercevoir le premier vol de cigognes, annonciateur de la venue des beaux jours. Alors on accrocherait les liens aux arbres. La fête de la Matralinka se déroulerait chez celui dont la branche porterait la première fleur.

Cette année-là, l'hiver avait été particulièrement rude et la nourriture manquait partout. Chaque famille attendait avec impatience la Matralinka pour pouvoir semer à nouveau de quoi subsister. Heureusement la terre était fertile et les hommes courageux. On savait que des temps meilleurs reviendraient et qu'il suffisait de patienter un peu.

Pourtant, le premier vol de cigognes fut plus funeste que le plus funeste des hivers. D'abord on entendit un grand bourdonnement se rapprocher sans savoir d'où il provenait. Les mères firent rentrer les enfants. Les hommes allèrent chercher leurs fusils. Ils demandèrent aux femmes de se cacher dans les caves. Baba voulut retenir son mari.

Elle n'avait jamais rien vu d'aussi terrible. Des sortes d'oiseaux de fer apparurent dans le ciel. Ils venaient de l'est et étaient énormes. Ils crachèrent des boules de feu et des îlots de flammes embrasèrent les forêts de mélèzes. Les bombes tombèrent là où chaque famille avait construit sa cabane. Mon grand-père avait été brave. Malgré les supplications de Baba, il était parti comme tous les hommes du village, avec son pauvre fusil, pour défendre les siens.

La karja libérait les pleurs de Baba. Ses larmes avaient été retenues si longtemps qu'elles étaient concentrées. Presque acides. Je les avais essuyées avec un mouchoir. On aurait dit du pus. Baba m'avait attrapé l'avant-bras. Cela me faisait mal. Elle ressemblait à une petite fille enfermée dans un monde de fantômes. Malgré les hoquets elle avait continué son récit.

Les femmes et les enfants, eux, ne virent rien de ce qui se passait. Ils restèrent des jours et des jours sous terre, à entendre le grondement des oiseaux de feu, à sursauter à chaque explosion, espérant presque qu'elle les emporte pour faire cesser le cauchemar. Les caves étaient quasiment vides après l'hiver de pénurie et les enfants réclamaient de la nourriture. Ils n'arrêtaient pas de pleurer. Les femmes ne savaient plus quoi faire. Des choses terribles dont on ne peut parler advinrent alors. Sans user de sortilège, aucune mère n'aurait pu faire ce que certaines avaient fait pour qu'enfin les pleurs cessent. Il fallait que les oiseaux de feu aient jeté un sort fatal sur le pays pour que de tels actes soient possibles parmi les humains. Il n'y avait plus ni jour ni nuit. Tout était veille et angoisse. Là-haut, la guerre faisait rage. En bas, on ne cessait d'entendre des coups de fusil et des hurlements.

Et puis un jour, le silence revint. Avec une

odeur de soufre qui s'infiltra par les jointures vermoulues. Les mères étaient tellement affaiblies qu'elles ne pensèrent même pas à sortir. Ces jours sous terre avaient tué en elles la moindre possibilité d'un espoir. Elles attendaient seulement le Grand-Sommeil. De toute manière, sans mari ni nourriture, à quoi servirait-il de recommencer une vie là-haut ? Mais l'odeur de soufre devint si infecte qu'elles durent quitter leur abri.

Baba m'avait demandé de lui apporter un verre d'eau. Sa bouche était sèche et les mots restaient bloqués dans leur cage. Comme si le soufre avait de nouveau envahi la pièce jusqu'à tarir sa langue. Elle avait bu quelques gorgées. Elle paraissait si bouleversée que j'avais envie de lui demander de s'arrêter là. Mais nous savions toutes deux que c'était impossible.

Quand les plus vaillantes réussirent à ouvrir la porte des caves, elles furent assaillies par des nuées de gaz ocre. La réalité qu'elles découvrirent en avançant dans cette purée de molécules leur ôta le pouvoir de parler. Les arbres noircis ressemblaient à d'immenses squelettes carbonisés. Les cabanes avaient été entièrement soufflées. Toute trace de vie avait disparu. De temps en temps, un morceau de corps émergeait, à moitié enseveli par les décombres. Un pied. Un avant-bras. Un tronc. Une tête calcinée. Un détail cruel colorait ce spectacle de désolation : les bracelets de la Matralinka étaient restés accrochés au poignet des cadavres.

Cette année-là, le printemps ne pourrait plus revenir. De ce jour plus personne ne porta de rouge ni de blanc. Pour les babas commencèrent de longues années sans saison. Il fallut survivre avec ce que l'on pouvait. Enterrer les compagnes et les enfants qui succombaient aux maladies, à la faim ou à la tristesse. Reconstruire les cabanes et apprendre les gestes des hommes. Chasser, bâtir, labourer, fendre le bois, marteler le fer, et chaque fois leur âme de femme disparaissait un peu plus loin dans leur mémoire.

Un jour, elles virent revenir dans la plaine des adolescents aux yeux blanchis par le gaz. Ils ne parlaient plus aucune langue humaine. La barbarie les avait ensauvagés. On reconnut les petits de l'orphelinat de Varatcha. Le jour du bombardement, les gouvernantes étaient rentrées chez elles pour protéger leurs propres enfants, abandonnant les orphelins à leur sort. Et ils avaient vu de quoi les hommes sont capables. La plupart avaient péri mais certains avaient réussi à s'enfuir dans les falaises. On supposait qu'ils y avaient vécu parmi les ours jusqu'à ce que la guerre se termine. Exposés aux vagues de gaz toxique, ils étaient devenus aveugles. Et c'est attirés par les poulaillers qu'ils étaient revenus dans les plaines, humant d'abord les volailles, puis les réserves de blé que les femmes arrachaient du sol et conservaient précieusement dans des greniers de fortune. Ils pratiquaient le vol et la rapine. En ces temps-là il n'y avait aucune place pour la pitié. Les femmes les chassèrent dans les collines, espérant qu'ils y resteraient invisibles.

Avec les années, Baba réapprit à vivre. Les enfants grandirent. Ils se marièrent, donnèrent naissance aux petits-enfants. Une nouvelle génération naquit. La vie reprit ses droits. Sans que personne ne l'ait jamais décrété, il fut décidé que la guerre devait être effacée des mémoires. Nous étions la première génération du Grand-Oubli.

Nous ignorerions les Invisibles.

Ce soir-là, j'avais promis à Baba de conserver le secret. Elle avait laissé planer leur nom en suspens, si bien qu'on aurait pu croire à un résidu de peine. De quoi les Invisibles étaient-ils coupables ? D'avoir été abandonnés ? Mais aucun remords ne pouvait être formulé. Affronter l'histoire était trop douloureux pour les vieilles. Le silence seul leur servait d'aveu. Il n'y avait pas plus de place pour les regrets que pour la pitié dans leur cœur racorni. Qui aurait pu leur en vouloir ?

Quand Baba a rejoint le Grand-Sommeil, les hommes du Comité ont aidé à payer l'enterrement. Avant de mourir, elle m'avait demandé de respecter la coutume, que beaucoup de familles avaient cessé de suivre car elle était coûteuse – enterrer le mort dans son lit avec ses plus beaux draps privait le foyer d'un couchage complet. Il fallait racheter le bois pour l'armature, la paille pour la couche, la laine pour les couvertures. Presque trois cents khoraks. C'était trop au goût de ceux qui préféraient mettre le mort dans une boîte. Je ne l'aurais pas supporté. Baba devait partir dans son lit pour que le voyage se déroule le mieux possible. Qui savait si l'inconfort d'une boîte en bois ne la réveillerait pas avant le Grand-Passage ? Comment accepter l'idée que son âme puisse errer dans le monde des vivants sans jamais trouver la paix ? Tout cela pour quelques khoraks.

Avant de la veiller, je l'avais enveloppée dans ses plus beaux draps. Ceux qu'elle avait brodés les soirs de pleine lune, quand la clarté le permettait. J'avais glissé des touffes d'herbes odorantes dans son lit et attaché les brins de ses tresses avec le ruban qu'elle gardait au fond de son coffret. Elle ne l'avait jamais utilisé. Elle disait qu'il était trop vieux pour être porté. Un jour pourtant, je l'avais surprise en train d'y emmêler ses doigts. M'apercevant, elle l'avait remisé et avait fait semblant de reprendre un travail d'époussetage. Baba ne pouvait se permettre de penser à la femme qu'elle avait été, celle à qui son mari avait rapporté un ruban de la ville. À ce temps de la légèreté. Il resterait verrouillé à jamais dans la boîte, avec les autres souvenirs, toutes les reliques d'avant le Grand-Oubli.

Je regardais Baba dans son lit. Son visage reposait sur l'oreiller blanc et diffusait une douce beauté. Je la retrouvais vivante dans chacun des plis. Là, au bord de sa bouche, les sourires et, dans l'arrondi plus marqué, les éclats de rire ; le trait profond qui traversait son front concentrait les inquiétudes ; les rides en aigrettes autour des yeux, les efforts. Et l'ourlet sur son menton venait de la moue qu'elle faisait quand je la contrariais.

J'ai caressé ses traits figés sur sa peau froide. Il me semblait que je devais le faire. Une caresse pour une vie. Mes doigts parcouraient son visage et je pouvais sentir tout ce qu'elle avait été. Avec ma main, je lui disais *Je prends.* Elle me donnait sa droiture et sa fatigue, je lui disais *Je prends.* Son passé et ses blessures, je lui disais *Je prends.* Elle me donnait sa beauté et les rares joies arrachées à la vie. Je prenais. Son courage et sa vertu. Je prenais tout. C'était tout ce qui me restait. Longtemps ce serait mes seuls bagages.

J'ai laissé les porteurs entrer dans la cabane et soulever le lit. Je me sentais lourde. Mes pieds et mes épaules s'engluaient dans la boue en suivant le cortège qui menait au champ. Le seau des trois terres cognait contre mes jambes. Les hommes du Comité avaient déjà creusé un trou dans le sol gelé. Il faisait froid et les bouches ont soufflé de la buée quand nous avons entamé le chant du dernier voyage. Puis les porteurs ont fait glisser le lit dans la fosse. Baba était au fond de sa nouvelle demeure. Elle était prête.

J'ai alors jeté une première poignée de terre : du limon de la rivière Zolotoï, près de la cabane où elle était née. Une deuxième poignée : de la glaise, ramassée à l'orée de la forêt, là où Baba avait accouché. La dernière, j'étais allée la chercher au petit matin, dans notre jardin. J'avais pleuré en creusant ce sol dont Baba disait n'en avoir jamais connu de plus fertile. Un ventre de géant. Les hommes du Comité ont ensuite recouvert le lit en y lançant de grosses pelletées. Je ne pouvais pas leur en vouloir mais j'aurais préféré que l'on ensevelisse son corps poignée après poignée, délicatement, pour, une dernière fois, prendre soin d'elle.

J'ai payé les porteurs. Mais je n'avais pas assez pour acquitter le prix du lopin dans le champ où l'on avait enfoui le lit. Les hommes du Comité m'ont alors proposé de leur céder la cabane en échange. J'ai accepté. Je suis retournée chercher quelques affaires, ai rempli mon sac : des peaux de bête, un couteau, une gamelle, quelques vêtements.

Je me rappelle comme si c'était hier le moment où j'ai refermé la porte. Le souvenir de Baba et mon sac étaient mes seuls bagages. Je n'avais aucun endroit où aller. Je me souviens m'être demandé s'il était possible qu'une route ne finisse jamais. Alors j'ai décidé de commencer ainsi. Voir jusqu'où la route irait. Cela me semblait un bon début.

Le premier jour, j'ai traversé Varatcha. La ville avait bien changé depuis le temps où, avec Apa, nous venions rendre visite à Ama. Tout s'était rempli de briques et de mortier. Il fallait lever le regard très haut pour trouver le ciel. Après m'être arrêtée dans une échoppe pour échanger une peau de bête contre un briquet, j'ai repris la route et marché pendant plusieurs jours. De temps en temps je m'enfonçais dans les sous-bois pour y chercher des feuilles de ramzek ou de crisuble. Je creusais un trou dans la neige jusqu'à ce que la terre apparaisse. Avec quelques brindilles j'allumais un feu pour faire bouillir les feuilles dans la gamelle. Le reste du temps, je mâchais les baies des fourrés pour lutter contre la fatigue. Mon corps avait disparu sous les couches de vêtements mais le froid était si pénétrant et si humide que mes os semblaient trempés. Les peaux de bête ne suffisaient pas aux nuits que je passais dans les guets. La fatigue se mêlait à la douleur et faisait naître des cauchemars. J'étais à bout de forces, je commençais à divaguer. J'entendais Baba qui m'appelait du fond de son lit.

Le quatrième soir, j'ai cru mourir. Je marchais depuis midi. La neige avait commencé à tomber et je n'y voyais pas au-delà de quelques mètres. Tout était devenu flou, jusqu'à la vie dont les contours semblaient s'estomper. Ma conscience était tellement engourdie que même la mort ne m'effrayait plus. Seules mes jambes continuaient à avancer, par automatisme ; un pied devant l'autre. Je m'enfonçais ainsi dans la forêt quand tout d'un coup le sol s'était affaissé. Une glu noire avait coulé dans ma tête.

Ainsi est-ce simplement cela, la mort ?

Les frères Illiakov m'ont par la suite raconté qu'ils chargeaient des bûches dans leur charrette quand ils m'ont aperçue. Dans la pénombre et à travers les flocons, ils ont d'abord cru à un fantôme. Lorsque je me suis écroulée, ils se sont précipités. Mon corps avait déjà la raideur d'une planche de bois. Ils m'ont transportée jusqu'à leur cabane. La femme de Dimitri m'a déshabillée, a versé un seau d'eau chaude sur mon corps congelé. Puis elle m'a enduite de graisse de porc et frottée avec un torchon jusqu'à ce que la peau devienne aussi rouge que tison. Alors j'ai ouvert un œil. À chaque fois que mes paupières retombaient, Olga me donnait une claque. Quand j'ai repris connaissance – et pu me regarder dans un miroir – mes joues étaient bleues.

Plus tard, Olga me dirait qu'on ne peut lutter

contre la mort qu'à armes égales. Selon elle, là est la faiblesse des humains : la pitié nous amollit face aux forces du Grand-Sommeil. Elle a peut-être raison. Quelques années auparavant, Dimitri s'était enfoncé un hameçon dans le mollet. Il avait négligé de se soigner et la plaie était devenue si laide qu'elle avait pourri toutes les chairs sous le genou. La fièvre avait commencé à le ronger, tout le monde s'était résigné à l'idée qu'il allait bientôt y passer. Un soir qu'Olga l'entendait gémir, n'y tenant plus, elle l'avait chargé sur la brouette et amené dans l'appentis. Après avoir placé sa jambe sur le billot, elle l'avait sciée au-dessus du genou. Sans cela, Dimitri serait mort. Pourtant Olga avait dû oublier les cris et le sang, le dégoût et les spasmes. Et scier la jambe de son propre mari comme elle aurait scié une bûche. On ne peut lutter contre la mort qu'à armes égales. Le corps charpenté d'Olga laissait deviner cet étrange talent. Par un effet de contraste, ses joues pleines et rosées lui donnaient un air bonhomme.

Pendant une semaine, elle m'a retapée en m'aidant à me relever quatre fois par jour pour que je boive la soupe où trempait un poisson fumé.

La famille Illiakov vivait de la pêche dans le lac Taïgal depuis des générations. Les hommes se chargeaient d'attraper les poissons, les femmes les vidaient, les écaillaient et les faisaient sécher dans le grand hangar construit à l'écart afin d'éloigner les relents. À la seule odeur de carpe et de fumé, qui avait pénétré jusqu'à leurs chairs, on aurait pourtant pu reconnaître n'importe quel membre de la famille.

Depuis son amputation, Dimitri ne pouvait plus se rendre tous les jours au lac. Seul Pavel partait avant le lever du soleil. Pendant les longs mois de neige, il était obligé de briser la glace pour pêcher. Dans les temps plus cléments, il utilisait des filets et des nasses. La pêche était alors bien meilleure et les femmes faisaient sécher les omouls et les carpes pour les conserver et les vendre toute l'année. Après l'accident de Dimitri, la famille avait confié une partie de la vente à Igor, qui touchait une commission sur chaque sac. Ce dernier venait chercher sa cargaison à la fin de l'automne, se chargeait de la tournée des cabanes isolées pendant l'hiver et revenait aux premières fontes pour partager la somme amassée. Les deux frères, eux, s'occupaient de la vente en ville. Ils s'y rendaient chaque mois, quelques kilos de filets séchés sur le dos.

Une semaine après mon arrivée, j'ai demandé à Dimitri de l'accompagner à Varatcha. Je lui ai expliqué que je comptais y séjourner quelque temps, y trouver un travail et un logement. L'hiver était rude et le poisson se faisait rare. Je ne voulais pas être un poids. Quand Olga a appris mon intention, elle s'est mise en colère, m'a ordonné de rester. C'était une folie de vouloir reprendre la route dans mon état. Qu'allais-je faire là-bas, les gens y étaient aussi fous que des papillons dans la lumière. Ne pouvais-je pas plutôt aider ici, le temps de reprendre des forces ? Après la fonte des neiges, ce serait bien le moment d'aviser.

Je ne m'étais pas opposée à sa volonté. N'avait-elle pas eu, à maintes reprises, le don de renverser le sort ? Je dois dire que l'idée de demeurer dans son giron était aussi tentante qu'un ventre de pouliche. J'aimais cette douceur mêlée de rudesse. Après le départ de Baba, cela me faisait du bien de penser que je n'étais pas complètement seule.

L'hiver a passé ainsi. Il fallait plus de trois heures pour atteindre le lac, vaste étendue d'eau figée par le froid. Mes forces revenues, Pavel m'a emmenée avec lui. Il me réveillait au milieu de la nuit pour que nous arrivions au trou avant que le soleil ne charbonne la pointe des mélèzes. Olga laissait chaque soir sur le samovar une bassine d'eau dans laquelle flottaient des herbes. Personne ne savait au juste quelles en étaient les vertus. Chez les Illiakov, on se contentait de ce qu'en avait toujours dit la grand-mère, *Ajoute une herbe sèche dans le désert et ce n'est plus le désert.* La mère avait repris ces gestes et ces paroles. Elle les avait à son tour transmis à Olga. La décoction avait un goût de terre. L'haleine d'humus rappelait que sous l'écorce de glace, la glèbe sommeillait, prête à réapparaître. Matin après matin, ce goût nous accompagnait un peu plus loin vers la fonte des neiges. Combien de fois l'hiver l'emportait-il sur le courage ? Combien de fois nous ôtait-il la force de nous lever ? Les ancêtres avaient trouvé des ruses. Déjoué la tentation de l'abandon. *Ajoute une herbe sèche dans le désert et ce n'est plus le désert.*

C'était la bouche pleine de ces promesses que je sortais dans la nuit glacée. Pavel ne prêtait pas attention à la buée qui se dégageait de chacune des parties non protégées de notre peau. Enveloppé d'un grand manteau noir, il faisait corps avec la pénombre. Je me concentrais sur les nuages de vapeur qui s'échappaient de ses pores car ils m'aidaient à le distinguer du reste de la nuit. Il avançait à pas si réguliers qu'on aurait pu le croire encore endormi. Je le suivais. Pavel connaissait le chemin mieux que personne et ne se perdait jamais. Même par temps bouché. Je me suis souvent demandé s'il ne marchait pas les yeux fermés pour continuer à se reposer. Il parlait peu. Un avertissement de temps à autre, lorsqu'un tronc ou un piège barrait la route. D'une voix presque effacée. J'étais à une coudée de son dos mais il me paraissait loin, perdu dans une tristesse plus vaste que l'hiver. Je n'ai jamais vraiment su d'où lui venait cette mélancolie. Olga disait qu'il n'est pas bon pour un homme de rester seul. Mais il y avait une plainte plus lointaine dans son cœur. Un chant inconsolable. Je le suivais sans trop me poser de questions. On vit aussi bien sans réponses.

Pavel m'a appris à creuser les trous dans la glace. Il fallait la découper délicatement sans troubler le pourtour, de manière à ne pas entraîner la plaque sur laquelle on se tenait. Une fois que l'eau apparaissait, il suffisait de plonger le fil auquel pendait le bout de viande accroché à l'hameçon. On levait ensuite le bras de temps en temps, afin de donner l'impression aux carpes que l'appât n'en était pas un. Pas retorses, elles mordaient volontiers. Sous la glace aussi l'hiver était rude. On ne rechignait pas pour un morceau de salaison, fût-il accroché à un hameçon. Alors la carpe était prise au piège. On la remontait, on enroulait le fil autour de l'avant-bras tout en veillant à ne pas faire trop d'à-coups. On aurait pu croire l'affaire gagnée, mais cela aurait été sans compter le froid et la peau gluante qui brûlaient les doigts. La carpe n'avait pas dit son dernier mot. Il fallait l'assommer, qu'elle arrête de remuer et se tienne immobile afin qu'on lui tranche la tête. Alors on pouvait se sentir tranquille et se dire qu'on ne s'était pas levé pour rien.

Les jours se répétaient, les gestes aussi. Mais le soleil levait chaque matin son rideau sur une nature différente. La lumière ruisselait dans les branches cristallisées par la glace. Les myriades de teintes allaient du rose au bleu pâle, projetant des flaques colorées sur la surface du lac en banquise. L'hiver révélait des grâces de jeune fille. Le ramage des branches, prisonnières de leur robe de cristal, devenait dentelle, piquetée par endroits de boutons vernis là où les corneilles arrêtaient leur vol. On crissait à chaque pas et c'était délicat, un froissement de tissus précieux. Pavel semblait frôler le sol. Son corps, enveloppé dans son long manteau noir, évoluait avec les précautions d'un homme du monde qui aurait voulu prendre soin d'une femme. Quand il découpait la banquise, son geste rond et précis embrassait la glace, et quand il assommait la carpe sa main finissait par une caresse. Une façon d'excuse.

La douceur de Pavel paraissait nourrie au souvenir des temps anciens. De ceux où les ancêtres n'avaient pas de cabanes et se déplaçaient avec leurs troupeaux de campement en campement. Lorsqu'il fallait tuer un animal, les femmes le faisaient boire et manger pour qu'il ne manque de rien lors du Passage. On choisissait le meilleur guerrier pour égorger la bête, et l'homme lui demandait pardon. Il orientait le couteau vers le ciel pour ouvrir le chemin à son âme. Ensuite il faisait ce qu'il avait à faire.

Pavel était leur héritier, mais son corps disait plus encore. Une sorte de soupir – et chaque soupir lui faisait perdre un nouveau souffle de vie. Il y a des gens qui sont bâtis pour exister toujours, leur corps éblouissant érigé pour résister aux assauts du temps, de la maladie et de la mort. Des anatomies de soleil et d'éclat. Igor était de ceux-là. Pavel, en revanche, semblait abriter en son sein chaque jour un peu plus sa propre fin. Et l'on voyait dans sa démarche légèrement accablée le commerce de plus en plus intime qu'il avait noué avec la mort. Ce n'était pas de la résignation mais un signe de familiarité. Une sorte de lente préparation. Comme on dit d'un fruit qu'il est mûr lorsqu'il tombe, la vie de Pavel était la maturation de sa propre disparition.

Le temps a passé, j'ai intégré les gestes de la pêche jusqu'à ce qu'ils deviennent automatiques. Le couteau ; trancher la couche de glace. Le morceau de viande ; l'accrocher à l'hameçon. La bobine ; plonger le fil dans l'eau. La main ; levée et baissée. Et cela pendant des heures, le temps pour un omoul ou une carpe de passer par là et de mordre. Les bons jours, quatre ou cinq bêtes se laissaient prendre. Une pour la soupe du soir, les autres pour la réserve. Quand les heures s'écoulaient ainsi, dans le froid glacial, mes pensées s'engourdissaient, se figeaient. Je me sentais comme ces troncs d'arbres épluchés, au bord du lac, qui semblaient morts et attendaient les haleines chaudes du printemps pour retrouver leur pardessus vert.

La première fois que Pavel m'avait conduite au lac, je n'étais pas encore rompue aux vertus de la patience, j'avais abandonné après quelques heures infructueuses. Je m'étais levée, avais jeté le fil par terre et arpenté la glace tel un frelon contrarié. Pavel avait souri et posé sa main sur mon épaule. Il m'avait demandé si je comptais me comporter comme un poisson toute ma vie. Je n'avais pas compris le sens de sa question. Je n'avais plus envie de faire d'effort. N'en faisais-je pas assez ? Ne pouvait-on pas me laisser un peu de répit ? Mes nerfs étaient aussi tendus qu'une corde de balalaïka. Je m'étais alors réfugiée dans le bois et avais commencé à pleurer. J'aurais tout donné pour une soupe aux haricots noirs de Baba. Son souvenir avait jailli en larmes sitôt immobilisées par le froid. J'étais restée là, accroupie contre un arbre, jusqu'à ce que ma colère, ma tristesse et ma solitude deviennent trois stalactites que l'on aurait pu casser du bout du doigt. Puis la morsure du vent m'avait contrainte à me lever. Pavel n'était pas venu me chercher. Le soleil avait décliné en œuf au plat sur la colline. J'étais retournée au trou de pêche. La tristesse, la colère et la solitude n'étaient plus que trois petits bouts de glaçons au fond de mon ventre. J'allais mieux.

Pendant tout ce temps, Pavel avait attrapé deux carpes. Il lui avait suffi d'attendre. Plus que moi. Plus que le poisson. Et le poisson avait fini par mordre. Le poisson finit toujours par mordre. C'était ma première leçon. J'en recevrais d'autres.

Un jour, le knik, ce vent froid descendu des montagnes, a fini par s'adoucir. Les goulées ont eu des haleines plus chaudes. La neige a ramolli et une multitude de ruisseaux ont commencé à creuser la couche de glace. Il est alors devenu impossible de gagner le trou de pêche sans risquer de passer à travers la surface du lac. En prévision de la fonte, Olga a ressorti les nasses et les filets. Chaque soir nous les consolidions dans l'appentis. Il fallait remplacer un brin d'osier, repriser une jointure ou recoudre un trou.

Un soir, Dimitri et Pavel ont décroché la barque pour la remettre d'aplomb. La pêche allait se faire à flot. Pendant qu'ils rabotaient le bois et le rendaient étanche avec du saindoux, Olga a commencé à raconter une histoire. Celle de la petite Kolia. Elle lui venait de sa mère, qui la tenait de sa mère. Toutes deux avaient rapporté les faits pour vrais. Les premiers mots ont flotté dans la pièce. La taïga, les rives du lac, la fillette et ses parents ont pris forme. Ils sont entrés dans l'appentis par la bouche d'Olga. À l'époque je ne pouvais pas me douter qu'il y était question d'Igor.

Un jour, les Ivanenko comprirent que la mère attendait un enfant. Ils choisirent le prénom de Nikolaï, persuadés que la nature les pourvoirait d'un garçon.
Une fille était née. Déçus, ils l'avaient tout de même appelée Nikolaï. On la surnomma Kolia. Ses parents la chérissaient sans pour autant se résoudre à n'avoir pas eu un fils. Le père était pêcheur, il aurait voulu emmener Kolia avec lui. Mais elle devait aider sa mère aux tâches de la maisonnée.

Un matin pourtant, la fillette avait supplié sa mère de la laisser embarquer. Quelle idée ! Une fille ! Et si jeune ! Mais Kolia jura qu'elle serait prudente et courageuse. Le père fut frappé par sa volonté et accepta. La mère cria à la folie.
La fillette monta à bord. Elle demanda à la barque de la mener loin car elle voulait prouver à ses parents qu'elle était aussi courageuse qu'un garçon. Alors la barque la mena loin et Kolia se mit à pêcher. Elle remonta un bel esturgeon.
Il était midi et sa mère l'appela pour déjeuner.
Kolia, Kolia, ma fille, vogue, vogue vers la rive, je t'ai apporté de l'eau et des zakouskis !
La fillette demanda à la barque de la ramener et la barque la ramena.
Les yeux du père brillaient de fierté.

Le repas terminé, l'enfant voulut y retourner. La mère chercha à l'en dissuader mais le père, grisé par la prise, accepta.
La fillette demanda à la barque de la mener encore plus loin. Ce que la barque fit. Kolia se mit à pêcher et remonta un énorme esturgeon.
À quatre heures la mère appela sa fille pour goûter.
Kolia, Kolia, ma fille, vogue, vogue vers la rive, je t'ai apporté du pain et du lait !
La fillette demanda à la barque de la ramener et la barque la ramena. Les yeux du père brûlaient de fierté.
Le goûter terminé, elle voulut y retourner. La mère chercha à l'en empêcher mais le père accepta avec un enthousiasme redoublé.
La fillette demanda à la barque de la mener encore plus loin que loin et la barque la mena encore plus loin que loin. Kolia se mit à pêcher et remonta avec peine l'esturgeon le plus beau que le plus beau des lacs eût pu engendrer.
Il était presque nuit, la mère appela sa fille pour dîner.
Kolia, Kolia, vogue, vogue vers la rive, je t'ai préparé de la soupe et du pain.
Mais la fillette était bien trop loin pour l'entendre.

Les parents attendirent en vain sur les bords du lac. Quand la nuit fut complètement tombée, tous les habitants du bourg se mirent à la chercher. Les hommes fouillèrent le lac et ses abords pendant des

jours et des nuits. Las, la fillette demeurait introuvable.
Plus le temps passait, plus l'espoir de la retrouver vivante diminuait. Les parents étaient inconsolables. Petit à petit on abandonna les recherches et les vieilles commencèrent à prier. Seul, le père attendait, debout sur la rive, ne cessant de pleurer. Un soir, alors que tout espoir était perdu, il aperçut une forme s'avancer dans la nuit. Il crut à une vision. Une barque émergea du fond des eaux, entièrement recouverte d'algues. Lorsqu'elle s'échoua sur la rive, le père courut voir si Kolia était dedans.
Elle y était. Allongée au fond, blanche et inanimée, les dents plantées dans le cadavre du roi des esturgeons. Le père blêmit. Personne n'avait jamais affronté ce monstre vieux de plus de mille ans. Certains racontaient même qu'il était sacré. Le père se précipita. Kolia respirait encore, mais son visage et son corps étaient livides, recouverts de boue, et ses cheveux se mélangeaient aux plantes lacustres. Sa peau semblait aussi dure et luisante que celle d'un poisson.
Découvrant sa fille, la mère ne put réprimer un cri d'horreur. Il fallait que Kolia ait convoqué des forces plus obscures que l'obscurité pour survivre à cette épreuve. Les villageois s'enfuirent à la vue du spectacle. On ne voulait pas d'ennui. Le père porta seul le corps de sa fille dans la maison.
On raconte qu'elle resta inconsciente pendant des mois et des mois, marmonnant des paroles indistinctes aux sons de ressac. Le père ne cessait de

veiller sur elle. Au début, la mère fit de son mieux pour le seconder. Mais plus les jours passaient, plus elle avait peur. Kolia se transformait lentement en une créature inquiétante. Ses cheveux poussaient aussi vite que des algues et flottaient dans le lit. Petit à petit l'horreur prit dans le cœur de la mère toute la place de l'amour. Elle menaça de quitter la maison. Mais le père ne l'écouta pas, préférant se perdre en lamentations.

Regarde ce que l'on a fait, regarde notre châtiment.

Un jour, la mère s'en alla. L'homme se laissa mourir à petit feu. Kolia semblait grandir au fur et à mesure que le père faiblissait. Son corps s'allongeait, souple et luisant. Ses cheveux se répandaient en ondes folles.

Les vieilles des cabanes alentour eurent beau brûler des encens, chanter des formules connues d'elles seules, rien n'y fit. Kolia ne se réveillait pas et le père y laissait ses dernières forces – son corps devenait translucide. Au village, on murmurait qu'il avait la couleur de l'eau. On murmura mais personne ne lui vint en aide. Si bien qu'une nuit, le père finit par mourir. Quand il expira, la poitrine de Kolia se mit à enfler. Elle enfla tant et tant qu'on aurait pu la croire prête à exploser. La jeune fille ne cessait d'emplir ses poumons, sa gorge, ses joues de tout l'air qu'elle pouvait, se gavant jusqu'à la lie du dernier soupir de feu son père. Quand elle eut engrangé autant d'air que possible, elle ouvrit soudain les yeux et partit d'un rire immense. Un rire qui inonda la pièce avec la violence d'un torrent, un rire aux échos marins, agitant ses cheveux de gorgone et son corps de murène, un rire dont la crue et la décrue donnaient le tournis. Tous les villageois l'entendirent dans leur sommeil. D'une rive à l'autre du lac, le rire s'introduisit dans les songes de chacun, entrant avec fracas dans les rêves les plus paisibles, s'installant dans les cauchemars. Le voisin qui retrouva le père se signa. Le cadavre paraissait avoir été suspendu à un étendage pendant des mois, le corps vidé de toute son eau, son sang, son urine, de sorte qu'il ne restait qu'une mue diaphane et flétrie. La couche de Kolia, elle, était vide.

Olga a fait une pause. L'ombre du père et de Kolia serpentait dans l'appentis. La veillée était lourde. Dimitri et Pavel ont gardé la tête baissée. Nos gestes étaient suspendus. Le visage de Pavel était encore plus sombre que de coutume. J'attendais qu'Olga reprenne son récit, mais elle a seulement ajouté que certains racontaient avoir aperçu la silhouette ondulante de Kolia dans les bois. Qu'il n'était pas bon de faire pareille rencontre. Elle a prononcé cela plus bas, alors l'air s'est épaissi encore. Pavel est sorti. Dimitri et Olga sont restés silencieux. J'ai compris qu'il ne servirait à rien de poser des questions. Je leur ai dit que j'étais fatiguée et que j'allais me coucher. Ils en ont paru soulagés.

Un rai de lune perce à travers les volets. Le feu s'est éteint. Tochko ronfle. Dans son sommeil, Igor semble moins agité. De la vapeur sort à intervalles réguliers de sa bouche. J'y vois flotter le cadavre de l'ourse. Alors j'approche mes lèvres des siennes et aspire la vision. Puis je scrute chaque détail de la cabane jusqu'à l'abrutissement. Quand ils se réveillent, les hommes me trouvent assise sur la paillasse, totalement hébétée. Plus tard, nous partons : ce qui devait être fait l'avait été.

Avant Igor, je ne connaissais pas ces moments interloqués. Quand je l'ai rencontré, j'étais un papillon soûl de jour et de lumière. Mon désir me consumait et cela me faisait rire. Sa puissance déformait mon visage en incendie ardent. Mes gencives étaient rouges et mes yeux, telles deux bouches, croquaient tout ce qu'ils voyaient car tout me semblait juteux. Plus tard me sont apparus les blancs, les vides, tout ce que l'on ne peut ni mordre ni atteindre. J'ai mesuré l'étendue de mon impuissance, appris à l'accepter, à lui sourire. Les leçons d'abandon et d'amour ont mûri avec les années tel un coing odorant, humble et entêtant. Avant d'avoir éprouvé cette relation amortie au monde, il y a eu ce temps de l'ivresse durant lequel ont déferlé des sensations de force, de fusion, où la tension des muscles semblait prolonger chaque parcelle du monde.

Nous parcourons la campagne, traversons les forêts, suivons les crêtes marneuses, longeons les rives du lac, et pendant tout ce temps notre vigueur reste en son enfance. Je suis une enfant qui fait l'amour avec Igor, mais aussi avec la forêt, le lac, les hirondelles du printemps, les grives de l'automne, qui se laisse choisir par la jouissance, les bras ouverts et la bouche continûment humide. Je crois pouvoir dire que nous sommes beaux. Chaque seconde explose en fruit gorgé, chaque jour est l'orée d'un commencement. Rien n'atteint Igor, rien ne me fait peur. Aucun travail ne nous paraît trop pénible et nous nous repaissons de cette vigueur insolente. Au gré des saisons nous posons des pièges, coupons des troncs, des branches, rassemblons des fagots, taillons des futaies, fauchons, cueillons les fruits du printemps après avoir creusé des trous dans les neiges d'hiver pour pêcher, hameçonner, harponner, nous dormons dans les champs et arpentons les confins d'une taïga devenue notre lit, sous le ciel cotonneux devenu notre abri. Chaque fois que nous transportons des sacs de poissons ou abattons des mélèzes, notre corps s'assouplit dans l'effort et nos cheveux couronnent nos têtes de frondaisons. Nous sommes des dieux qui ont reçu la beauté en héritage. La splendeur de la jeunesse est éternelle. Seuls comptent le plaisir de l'effort et celui d'être là. Simplement là, ici et maintenant.

Seulement la puissance de l'instant, Igor et la taïga.

Ainsi passent les années.

Cela fait maintenant longtemps que nous arpentons la taïga. Tous les ans, quand l'anniversaire de la mort de Baba arrive, j'allume un feu et je reproduis ce que je l'ai vue faire.

Chaque deuxième lune de l'automne, au moment où les arbres décharnés tapissaient le sol de feuilles orange et rouges, elle allumait un feu dans la cheminée, posait le pot de sel à ses pieds et se mettait à chanter. Elle s'adressait aux esprits du Grand-Sommeil et leur demandait de venir écouter ce qu'elle avait à leur dire. Elle chantait jusqu'à ce qu'ils arrivent. Alors elle s'arrêtait et fermait ses paupières, sa voix devenait profonde et basse. Elle leur demandait de prendre soin d'Ama qui avait disparu trop tôt ; de lui apporter un peu de joie car elle n'en avait pas suffisamment eu ; ensuite, elle chargeait les esprits de lui transmettre de nos nouvelles. Quand elle était sûre qu'ils écoutaient, elle racontait l'année qui venait de s'écouler. Le travail de la terre, les récoltes, les maladies.

Puis elle rassurait Ama à mon sujet, se réjouissait que je devienne une robuste et honnête jeune fille. Elle n'oubliait jamais de rapporter les naissances, les morts et les mariages. Cela durait jusque tard dans la nuit. Baba ne voulait omettre aucun détail. Enfin, quand elle estimait que c'était assez, elle prenait une poignée de sel et la jetait dans le feu. Si les grains devenaient étincelles, les esprits acceptaient de transmettre le message. Elle en jetait encore une. Chaque grain contenait l'un des mots qu'elle avait prononcés. Ainsi, les messagers pouvaient les faire passer dans le monde du Grand-Sommeil. De minuscules langues de lumière crépitaient dans la nuit avant de se volatiliser dans l'au-delà.

Lorsqu'elle avait fini, elle me faisait venir à côté d'elle et me caressait la tête. Il me semblait que sa paume, constellée de résidus de sel, contenait toute la voûte céleste. J'étais dedans et dehors à la fois. En passant sa main dans mes cheveux, Baba ornait ma coiffe de la parure du ciel, accrochant dans mes boucles des fragments de cobalt, des noirs épais, irisés de minuscules étoiles et habillait ma tête du silence profond des nuits. Mes cheveux devenaient alors des pièges, capturant rêves et visions, et je sombrais dans un demi-sommeil, emportée par un tourbillon d'images qui m'emmenaient plus loin que les ténèbres, à la frontière du règne des vivants, là où toute chose est son contraire, où l'homme et la femme se confondent comme le corps se mêle à l'esprit pour qu'enfin le monde se gonfle de toutes ses contradictions, produisant des créatures monstrueuses et complètes, là où le sommeil apaise, par-delà ces limites où il n'y a plus de phrase, plus de cri de joie ou de douleur, qu'un immense râle guttural, mâle et femelle, animal et divin, cri de jouissance et d'apaisement que je reconnaîtrais plus tard en échos assourdis dans les cris d'amour.

Très tôt la mort a eu à mes yeux ces couleurs de robe sombre, à la fois somptueuse et lointaine, habillant des corps vides mais bruissant de mots devenus caisses de résonance. À force de rester auprès de Baba face au gouffre de ces voix, celles-ci finissaient par s'insinuer dans ma poitrine et cogner contre ma cage thoracique. Elles ricochaient en mélopée vénéneuse, et comme je ne savais qu'en faire, j'ouvrais grand la bouche et gobais l'air pour que la langue des morts entre en moi. Je lampais cette mémoire des disparus qui se lovait contre mon palais. Eux me remerciaient de leurs caresses, ronflant de plaisir, heureux de trouver une chair pour abri, car enfin on leur redonnait corps et vie ; c'est alors que la nuit cessait d'être nuit pour grossir et s'élargir, occupant l'espace au-delà des limites de la terre, ouvrant une béance au fond de laquelle on pouvait apercevoir un étroit couloir, et c'était alors le Passage du Grand-Sommeil qui s'offrait à mon regard de jeune fille, ce lieu au-delà de tout lieu, au seuil duquel l'enfant et le vieillard se croisent et se confondent pour devenir jumeaux, où ils parlent la langue des esprits, reconnaissable à son vrombissement de mouche d'or. Au bout de ce couloir, au seuil de la mort, je devenais libellule et lépidoptère, moi l'enfant qui apprenait à converser avec ceux que l'on ne nomme pas.

Le lendemain, j'étais épuisée. Baba me gardait auprès d'elle et souriait. Son sourire était traversé d'une trace grise. Je crois qu'elle savait qu'un jour j'aurais à faire seule ce chemin pour parvenir jusqu'à elle, devenue à son tour mouche d'or.

Et ce jour est arrivé.

Le rituel se déroule comme elle me l'a appris. Aux premières neiges, que nous soyons dans notre cabane ou à battre la campagne, j'allume un grand feu.

Je raconte tout à Baba. Le travail dans la campagne, comment nous gagnons avec Igor de quoi manger, acheter les outils et les ustensiles de cuisine. Je lui parle des gens que j'ai rencontrés. La vieille Grisha, les frères Illiakov, Olga, Tochko et tous ceux croisés au fil de nos errances depuis que nous avons quitté la montagne. Je me souviens à quel point elle aimait les détails, aussi je me concentre pour ne rien oublier. Par-dessus tout je lui parle d'Igor. Je suis sûre qu'elle approuve. À la fin je demande aux esprits de prendre soin d'elle et de veiller à ce qu'elle ne manque de rien. Je jette la première poignée de sel. Les grains grésillent un instant puis s'éteignent. Les esprits acquiescent. Je jette l'autre poignée et regarde le sel caqueter.

Le lendemain, je suis épuisée.

Immobile auprès d'Igor je souris dans le vague. Je sais que ma bouche est traversée par une trace grise. On ne revient jamais indemne du Grand-Passage. Il faut bien payer un tribut aux esprits. Je n'en connais pas la nature. Je sens seulement, après chaque rituel, que mon corps pèse si lourd qu'il pourrait s'enfoncer dans la terre. Mes mains pendent au bout de mes bras, plus lourdes que des outres pleines. On dirait que du plomb a coulé dans ma tête. Je souris car j'ai accompli mon devoir mais il me semble aussi que dans ma chair devenue viande on m'a ôté un peu de vie. Alors Igor pose sa main sur ma tête, ainsi que Baba le faisait, et la régularité de son pouls, l'enserre de ses doigts m'allègent de cette pesanteur. Je sors de ma torpeur comme on recouvre progressivement la vue après avoir regardé trop longtemps le soleil en face.

Nous nous remettons au travail.

Cette année pourtant, je n'ai pas pu appeler les esprits. Comme à chaque début d'hiver, nous allons chercher les sacs de poissons séchés chez Dimitri et Pavel pour les vendre de porte en porte aux babas isolées par les neiges. Les sacs sentent la chair d'omoul fumée. Igor en a chargé trois sur son dos. Je n'en ai qu'un et je ploie sous son poids. Il nous faut acheminer le barda jusqu'à la cabane que nous avons construite pendant l'automne. Elle se situe six lieues plus loin, aux abords du deuxième kern. Le chemin qui y mène inflige une saignée à la roche, tantôt à flanc de pente, tantôt engoulée en son sein, traçant une entaille dans l'enchevêtrement des arbres. Nous en avons pour plus de deux heures. Je suis habituée aux marches de plusieurs jours et mon corps n'a jamais rechigné à l'effort. Mais cette fois, l'odeur limoneuse des poissons ajoutée à la fatigue de l'automne passé à construire la cabane me donne la nausée.

Les mois précédents j'ai coupé les rondins, les

ai assemblés en mur, j'ai transporté des seaux de terre et les ai mélangés au lichen pour colmater les interstices. Je me suis affaiblie. Les dépenses faites pour la construction de l'isba nous ont contraints à des restrictions. Nous nous sommes contentés de bouillies de seigle – le prix à payer pour acheter les métaux nécessaires. Igor a enduré ces privations sans ciller. La nature l'a doté d'une constitution qui semble à l'épreuve de n'importe quelle peine. Ce qui n'est pas mon cas. Au fil des semaines, ma peau a blanchi. On voit de plus en plus le chemin de mes veines, surtout aux tempes et au front. Elles dessinent des nervures bleues à l'intérieur de mes cuisses.

Quand nous sommes sur le point de partir, Olga prend peur. Elle veut que nous restions, le temps que je me rétablisse. Mais Igor et les frères regardent le ciel, une tempête de neige se prépare. Si nous tardons, le mauvais temps nous piégera. Qui sait combien de jours nous resterons alors bloqués ? Igor doit commencer la tournée des cabanes. Nous devons prendre la route avant la déferlante. Olga n'est pas d'accord et le fait savoir. Sa mauvaise humeur regimbe dans sa gorge tel un bouc impatient. Aurions-nous dû l'écouter ?

Nous chargeons les sacs sur notre dos et nous mettons en route. Chaque pas me fait sentir à quel point mon corps est fragile. Mes jambes tremblent à l'appui. Au bout d'une heure, elles chancellent. Je me concentre pour oublier ma faiblesse et regarder Igor devant moi. *Igor. Regarder Igor. Simplement Igor.*

Je continue néanmoins à trembler et ma tête tourne. La silhouette d'Igor tangue de plus en plus, lointaine, trouble. Il m'a distancée d'une vingtaine de coudées. Mon corps m'abandonne. *Igor. Regarder Igor. Simplement Igor.* Je m'affaisse. Un rideau blanc tombe devant mes yeux. Un instant je crois à de la neige. Puis je ne vois plus rien.

La première chose que j'aperçois en reprenant conscience est un bout de peau marron, presque cartonnée. Je reconnais la vieille Grisha. Penchée au-dessus de moi, elle essaye de me faire avaler un liquide contenu dans une petite fiole. Je fais un effort pour déglutir. L'alcool de la vieille réveillerait un mort ; il me tire provisoirement des limbes. Une fois son effet dissipé, la neige obstrue à nouveau mes yeux. Je veux parler mais ne réussis à articuler qu'une bouillie de mots. Je pense pourtant si fort et si clair. *Igor, où est Igor, pourquoi Igor n'est pas là ?* Mais la vieille ne comprend pas. Elle me regarde, désemparée. Je dois avoir l'air idiot d'une poule sans langue qui essaye de caqueter. Elle remonte les peaux de bête sous mon menton. La vague de chaleur ferme mes paupières et je sombre à nouveau.

Grisha me raconte par la suite que j'ai dormi des heures et des heures.

Dans mon sommeil je marmonnais toujours les mêmes sons inaudibles. Cela ressemblait à des questions. Rapidement, elle n'a plus cherché à comprendre. Les malades ont leurs secrets. Elle m'a veillée et administré les remèdes qu'il fallait, infusions et cataplasmes dans des vapeurs d'oliban. La baba connaît tout des plantes et des racines, de leurs vertus jusqu'à leur dosage mortel. Elle a passé sa vie à observer la nature, à combiner les essences pour obtenir les alchimies les plus efficaces. Aucune décoction ni alcool de tubercule n'ont de mystère pour son tube digestif. Avec le temps, son corps est devenu une sorte d'alambic de chair extrêmement perfectionné ; même sa salive possède des propriétés réparatrices.

Du temps où elle était encore valide, les gens la craignaient en même temps qu'ils la vénéraient. On l'appelait au chevet des malades, des femmes enceintes et des mourants. On racontait qu'elle avait réussi à faire marcher un homme dont les jambes étaient inertes depuis plus de vingt ans. Qu'elle avait redonné vie à des enfants morts. Les femmes à la langue vive aimaient confier leurs craintes à celles dont la langue était encore plus fourchue. La vieille n'avait-elle pas accès à des mondes invisibles ? D'où lui venait sa science ? On se questionnait, conjecturait, vitupérait, et plus on s'échauffait, plus la peur prenait le pas sur la vérité. Aux yeux des villageois, les guérisons cessèrent d'être des miracles : l'étude n'aurait suffi à expliquer pareils prodiges, qui devinrent l'œuvre d'un esprit malin. On raconta tant et tant de sottises qu'on finit par y croire et la vieille Grisha, qu'on n'appelait plus que sorcière, fut chassée.

Depuis, les hommes contournent sa cabane quand ils travaillent dans la forêt et on défend aux enfants de s'aventurer aux abords de la clairière. Certains prétendent qu'elle a empoisonné le fils Petrovitch, retrouvé une nuit d'avril raide mort au pied d'un mélèze. Les plus hardis avancent qu'il s'agit d'une vengeance. Que Volodia Petrovitch, le boiteux, était fils de boiteux et petit-fils de boiteux. Que le grand-père Petrovitch avait en son temps épousé la sœur de Grisha. Mais l'histoire remonte loin. Trop loin. Avant le Grand-Oubli. Alors on finit par se taire. On se contente d'allusions murmurées. Qu'importe, finalement ? Grisha est accusée de tellement d'autres maux. Elle est frappée du même sceau que les Invisibles. Humains bannis par les humains. De son côté, Igor a toujours aidé la vieille. Je ne suis pas sûre qu'il ait eu conscience de tous ces racontars. Le bruit du vent mérite plus d'attention que les vaines paroles.

Une fois que je suis rétablie, la vieille Grisha me raconte comment les choses se sont passées. Elle était en train de calfeutrer ses fenêtres avec de la mousse, en prévision de la tempête de neige, quand elle a entendu un bruit sur le chemin. Comme les pas d'une bête. Elle a sorti un couteau du tiroir. Il est rare qu'un animal attaque un humain dans sa cabane mais elle ne voulait pas prendre de risque. Elle s'est postée derrière la porte. Les pas se rapprochaient. Elle était si tendue qu'elle a failli tuer Igor quand il est entré en me portant sur son dos. Heureusement son bras, plus alerte que celui de la vieille, a paré le coup. Igor m'a lâchée pour l'esquiver. Je suis tombée sur le sol avec la lourdeur d'une souche. Lorsqu'elle a repris ses esprits, la vieille Grisha a pressé Igor de m'allonger sur le lit. Il fallait faire vite, être plus rapide que le froid. La vieille m'a déshabillée et a fiévreusement fouillé dans ses fioles. Elle s'est enduit les paumes d'un élixir de cédrat et les a vigoureusement frottées l'une contre l'autre. Puis, brûlantes, elle les a plaquées contre ma poitrine. Ses doigts connaissaient les secrets de l'anatomie et suivaient le parcours du gel. Le cuir de ses paumes a abrasé ma peau et ranimé mes membres transis. Longtemps après, j'ai gardé les traces de ses mains comme autant d'éraflures, car il lui avait fallu chercher loin dans le corps les battements de vie. Il lui avait fallu fourbir en profondeur pour que le sang irrigue à nouveau toute ma chair sous le travail savant de ses doigts cornés.

Igor n'est pas resté. Sitôt arrivé, il est retourné chercher les sacs de poissons abandonnés en chemin. La neige risquait de les ensevelir s'il ne partait pas sur-le-champ. Malgré les forces perdues et la prouesse de m'avoir portée, il s'est mis en route. La vieille l'a conjuré de rester. Mais rien ne pouvait infléchir sa volonté. Un travail à faire doit être fait. C'est ainsi.

Pendant ce temps, la vieille a continué à me pétrir les poignets, remontant jusqu'aux coudes, la peau couleur de cendre rosissant au contact de ses mains. De nouveau carnée à la naissance de la carotide, l'encolure a laissé échapper ce que Grisha guettait nerveusement. Un battement. Tout ce temps, elle n'avait cessé de m'asperger d'un alcoolat de consoude afin d'augmenter ma température, si bien que les vapeurs éthyliques me sont montées à la tête jusqu'à donner vie à une forme de plus en plus précise : un homme qui marche dans la neige. Un homme assailli par de lourds flocons. Un homme qui lutte contre les vents contraires et peine à descendre une pente pourtant raide, presque suspendu dans l'air tant le blizzard lui oppose un mur invisible. La silhouette est indistincte, gris-beige sur fond blafard car la neige a tout enveloppé. Cette silhouette a quelque chose d'incroyablement dense et tenace. Elle se courbe en avançant coûte que coûte, petite forme résistante et curieuse, pas plus grosse qu'un pou dans l'immensité blanche, accablée par la colère du ciel mais décidée à ne rien lui céder, à lui opposer quelque chose de plus fort, de plus grand ; cette grandeur irradie, il émane d'elle un halo plus blanc que la neige, et alors je verse lentement des larmes dans mon sommeil car cette forme vient de prendre corps, et je reconnais, derrière cette figure héroïque, le visage d'Igor.

À partir de là, je ne sais pas si je pleure parce que son entreprise est trop belle ou trop insensée. Surtout je voudrais le rejoindre, bâtir en corps à corps avec lui une tour contre le ciel, mais je suis prisonnière du froid, immobilisée sur le lit, aussi incapable de bouger que de crier. Et je dois assister, impuissante, à tout ce qu'Igor endure. Je ressens chacune de ses blessures. Des morsures du froid jusqu'aux lésions des mains. Des pieds qui cloquent jusqu'aux oreilles qui noircissent. Et la neige, impitoyable, finit par ankyloser le temps. Les minutes se distendent, notre supplice atteint l'insoutenable. C'est alors que je sens une vague de chaleur se former au creux de mon ventre et soulever mon corps. Elle a la radiance et la vitesse de la lumière. Jamais je n'ai éprouvé cela. Même dans les bras d'Igor, lorsque notre amour nous emporte si loin qu'il me semble mourir, jamais je n'ai connu pareille possession, si bien que lorsque tous mes membres sont brûlés, j'expulse d'un cri cette charge volcanique. Un cri énorme, primal et électrique, capable de briser tout le cristal du monde. Bref mais strident, et doté d'une couleur. Rouge comme le sang et l'amour. Sa portée va plus loin que la lune et le soleil réunis. Je ne sais pas moi-même ce qu'il exprime et reste hébétée par ce que mon corps vient de produire.

Sa puissance me réveille brutalement. Ce n'est ni un râle d'amour, ni un appel au secours, pas plus qu'un hurlement de douleur. C'est un cri réduit à sa plus simple expression, poussé à l'extrême, qui se suffit à lui seul, et, stupéfaite encore de ce que je viens d'enfanter, j'ai à peine le temps de me dire qu'Igor l'a peut-être entendu que je sombre à nouveau dans un sommeil profond, coma sans neige ni couleur, vidé de songe et de matière. Igor rappelé à moi, je laisse mes muscles se détendre.

Un repos est possible.

J'ignore si mon cri y est pour quelque chose mais Igor décide de rebrousser chemin. Le combat contre la tempête est perdu d'avance. Continuer dans de telles conditions équivaudrait à se jeter dans la gueule du loup. La route du retour est ardue. Il lui faut marcher dans l'épaisse hauteur de neige et affronter l'extrême fatigue du corps. Quand il pousse la porte de la cabane, Igor s'écroule. Je suis réveillée depuis peu, guettant son retour, attendant à tout instant que la porte s'ouvre. On dirait un fantôme. Sa peau de coutume si tannée a perdu sa solidité. Devenue si livide et fragile que la moindre pression du doigt pourrait la crever. Mais ce qui m'effraie le plus est ce râle qui clapote dans sa poitrine. Igor cherche l'air, la bouche ouverte. Une masse informe est entrée dans ses poumons, qui les obstrue. Le visage de la vieille Grisha, si résigné de nature, exprime de l'angoisse. Pour la première fois de sa vie, elle ne sait pas quoi faire. *Par pitié, faites quelque chose, faites quelque chose par pitié…*

Cette supplique s'échappe presque inaudible de ma bouche, et je sais que cette prière est la seule que je puisse formuler, que son chemin, de mon ventre à mes lèvres, ne supporterait pas un souffle plus fort, qu'elle déraillerait au moindre sanglot. Or je dois être là pour Igor. Assister la vieille qui seule peut le sauver. Alors je ravale mes larmes. Je me lève en chancelant et vais fermer la porte par laquelle entrent les bourrasques.

Grisha sort de son étourdissement. Elle vient m'aider à rapprocher Igor du feu. Les yeux de ce dernier ne renvoient plus le même éclat, comme contaminés par des traînées de nuages. La mort commence son travail. Elle s'empare petit à petit des couleurs, ternit la blondeur en grisaille, marbre la peau, bleuit les articulations, et j'assiste impuissante à cette altération progressive du corps, mes massages et mes suppliques n'y faisant rien. J'entrevois les premières heures d'un hiver sans fin et sans m'en rendre compte, ma voix s'écoule en pleurs, j'appelle les ombres, les implore de me prendre moi plutôt que lui. Je bave un peu, de la morve aussi tombe sur le torse d'Igor, elle y dessine des rivières. Nous assistons à la mort d'un roi, au spectacle d'un dieu à terre. Et je crois bien que je perds la raison car je profère des paroles insensées que Grisha fait cesser d'un simple *Tais-toi !* asséné comme une gifle. Elle est si catégorique que ma folie reflue d'un coup. Je me tiens suspendue à ses lèvres sèches, pressentant que quelque chose reste à faire et que, peut-être, la vieille va trouver.

Elle fouille dans un coffre, en sort un encensoir. *Fulmicine des bois, molgokov éternelle, varamine des ambulants.* Elle égrène les noms des feuilles et des fleurs séchées qu'elle invente en même temps qu'elle en bourre l'encensoir, garnit celui-ci de braises et m'ordonne de m'éloigner. Elle en fourre aussi dans sa bouche et se met à mâcher. Des mots confus se mêlent à la mastication. Tout en marmonnant, la vieille trace des cercles de fumée autour d'Igor. De temps en temps elle crache sur son torse et frotte la salive brune avec son pied nu. Petit à petit ses paroles deviennent plus distinctes. Je ne reconnais pas cette voix qui a pris possession de sa bouche :

> *Toi, l'homme à terre, penses-tu pouvoir t'enfuir ainsi ? Crois-tu pouvoir quitter la vie sans lutter ? Tu n'es pas ce misérable. Non, tu n'es pas de ce bois-là. Écoute la bouche de la vieille, elle a des choses à te dire. Si tu es prêt à abandonner, ton sang ne le permettra pas. Car en toi coule une sève plus vivace qui te fut léguée par un père et une mère insubordonnés. Les battements de leur cœur sont en toi. Tends-leur l'oreille. Ils sont dans chaque roulement de pierre, chaque roulis du lac, dans le moindre murmure des éléments. Cette sève coule sous ta peau. Cherche-la. Fourrage ton ventre, fourrage ton cœur et le fond de ton estomac. Tu dois trouver aux confins de tes organes l'écho de*

ces torrents. Laisse-le te marteler la panse comme le feraient des doigts d'enfant. Les pulsations grossiront en écho au chant de la terre, elles seront ton pouls, ta respiration.
Rappelle-toi ! Tu es le fils de Kolia Ivanenka et de Tochko Tochkovitch. En toi coule le sang de ces exilés. Géniture de race maudite, rejeton de race sacrée, tu es l'enfant de l'eau trouble et de la montagne auguste ! En toi résonnent le fond du lac et l'éboulis.
Rappelle-toi ! La montagne crève l'eau autant qu'elle y sombre et le lac gobe la pierre autant que la pierre le déchire. C'est une union et un combat permanent, une danse brutale dans laquelle les baisers sont des morsures et les coups des ébats. De ces amours hybrides naissent des accidents, et les monstres sont des prodiges.
Igor Ivanenko Tochkovitch, né de père proscrit et de mère parricide, tu es l'un et l'autre à la fois !
Écoute le chant du monde. Il gémit chaque jour de ces amours impossibles. Dans leur corps-à-corps, ta mère-poisson et ton père créature de la montagne ont défié la nature. À jamais tu seras mi-homme, mi-animal, car sur ton berceau chacun a versé ses vœux. Tu as l'achèvement du monde en héritage. Livre ce combat sans merci. Ne laisse ni les flots ni la terre te submerger, car ta chair doit boire le limon autant que respirer les eaux. Enfin seulement l'équilibre du monde sera rétabli, enfin seulement tu seras en paix.

La vieille s'accroupit et commence à lécher le visage d'Igor à la manière d'une chienne qui décrasse son chiot. Elle donne des petits coups de langue. Lentement elle remonte vers le front, applique sa salive sur les tempes, les ailes du nez, entre les yeux. Je reste sans voix. Dans mon esprit, tout se bouscule. La perspective de la mort d'Igor, l'histoire de la petite Kolia, le souvenir de Tochko, tout se tresse avec le secret que Baba m'a confié à propos des Invisibles. Se dessine une filiation infamante de parias enfantant des parias, engeance condamnée à la seule jouissance de la nature, exclue du monde des humains.

Au bout de cette chaîne, Igor.

Grisha continue de lamper son visage, la langue de la vieille imprime une ombre rosée sur ses joues. Je me mets à réciter des prières aux esprits des eaux et de la montagne que j'ignore connaître. Les mots se succèdent en gouttes et en pierres, blessent et lavent ma bouche, et dans mon esprit s'impose une forme double, vision inquiétante d'un couple emmêlé, dos d'écailles et ventre de poils, image pure et brutale de l'amour, et cette bête répond à mes appels. Sa réponse se fraie un chemin dans la fumée de l'encensoir, serpente dans les effluves et s'engouffre dans la bouche déjà figée d'Igor, soulevant sa poitrine et secouant tout son corps.

Un soubresaut ; Igor ouvre les yeux. La mort y a laissé une trace violette. Mais il est vivant.

La nuit a envahi la cabane. Tout est silence. On entend seulement le sifflement du knik au-dehors. Grisha et moi avons déplacé Igor sur le lit. Nous le veillons à tour de rôle, attendant le matin pour lui dispenser quelques soins. La fatigue confond ce que l'aïeule vient de me révéler, et j'occupe cette nuit sans lune à détresser les fables, à construire une naissance et un passé à Igor. La vieille me raconte tout. Elle a été le témoin des amours clandestines dont il est né.

Kolia passait de temps en temps aux abords de sa cabane, ombre parmi les ombres, se déplaçant dans un bruit de roulis. Sa chevelure traçait un sillage de mousse sur le sol. Elle parcourait les lieux en se nourrissant de poissons attrapés dans les torrents, les marécages ou le lac. Son esprit voguait sans amarre et elle suivait le cours du vent. Nul n'avait entendu d'elle la moindre parole sensée depuis ce soir tragique où, enfant, elle s'était perdue, ayant sombré dans une folie lacustre, ravie par l'esprit des eaux.

Grisha supposait que son sillage avait croisé le chemin de Tochko. Que leurs destins maudits s'étaient emmêlés, et qu'il n'en était resté que le ventre rond de Kolia. De ce jour, elle s'était mise à chanter, passant ses mois de grossesse à tremper dans l'eau des rivières. De cela, toute la vallée s'en souvenait car sa voix s'engouffrait entre les arbres, le long des routes, se glissait sous les portes des cabanes, descendait jusqu'aux villages, et la mélodie, lisse et bombée, avait la rondeur des œufs. Cette année-là les récoltes avaient été prospères. Jamais on n'avait connu printemps plus fécond. Mais chacun se gardait bien de parler de cette mélopée qui évoquait aux hommes des désirs trop violents. Pendant ce temps, Kolia couvait son ventre de mille attentions, attendant qu'il en sorte le fruit de ses amours avec cet homme aux mains griffues dont les caresses lui avaient donné du plaisir jusqu'au sang.

Un matin, attirée par cet air, la vieille Grisha déposa un panier de fruits près de la rivière. Le soir, quand elle revint, le panier était vide. Elle recommença le lendemain. Et tous les jours suivants. Pendant un mois elle déposa son offrande sur les berges, et chaque soir elle retrouva le panier vide.

Le deuxième mois, elle resta camouflée à cent pas de là, derrière un mélèze. Kolia arriva quelques instants plus tard, comme si elle avait guetté la venue de la vieille. Elle remontait le torrent, chantant ses airs de flots, sa robe mouillée collant à son ventre et à ses seins gonflés. Les mamelons pointaient à travers, cerises brunes que le jus s'apprête à faire éclater. Elle était terriblement belle et lorsque son regard croisa celui de la vieille, une sorte de flèche violacée traversa ses yeux. Ses lèvres se retroussèrent en babines et ses dents, plantées en petites rangées acérées, semblèrent prêtes à mordre Grisha. Celle-ci demeura immobile. Les deux femmes se jaugèrent. Puis Kolia déposa les fruits dans sa robe et, quand elle eut fini, attrapa une pomme. Lorsqu'elle mordit dedans, le jus coula le long de son menton, dégoulina dans son cou, sur son ventre et son sexe pour finir dans l'eau, traçant un chemin de désir qui disparut dans le courant. L'insolente beauté provoquait la vieillesse. Grisha continua à la dévisager avec froideur.

Au début du troisième mois, l'aïeule attendit, à découvert devant le mélèze. Kolia remontait le cours de l'eau et s'arrêta au niveau du panier. Elle observa un moment la vieille qui n'était pas à sa place habituelle puis, après quelques secondes, prit les fruits et s'en alla. Cela dura trente jours.

Le quatrième mois, la vieille Grisha resta à mi-chemin.

Le cinquième, à quelques pas.

Chaque mois elle se rapprochait, jusqu'au

neuvième où elle se posta à côté du panier. Kolia finit par arriver, son ventre distendu par la grossesse aussi ferme que la peau des fruits. Les deux femmes se trouvaient si proches qu'elles auraient pu se toucher. Mais ni l'une ni l'autre ne s'y risquèrent. Et chaque jour de ce dernier mois elles se contentèrent de rester l'une et l'autre à portée de main, s'examinant avec défiance. Kolia glougloutait en avalant les pommes et Grisha, dont le corps était devenu sec, contemplait sa voracité. Qui les eût aperçues de loin eût pu croire à une mère venant nourrir sa fille. Car au terme de ces neuf mois, on pouvait dire que les deux femmes s'étaient inextricablement liées, chacune ayant fini par apprivoiser l'autre.

Un matin, Kolia laissa sur son passage une trace de sang. Elle était à terme. La vieille l'assista dans son travail d'accouchement. L'enfant que la jeune femme avait gorgé de fruits avait tellement grossi qu'il ne passait pas. C'est dans un terrible hurlement de cascade qu'elle parvint à l'expulser, se déchirant les chairs, et le sang coula tellement qu'elle se vida. Le liquide serpentait entre les herbes et forma des rigoles jusqu'à la rivière. De stupeur, la vieille lâcha le nourrisson qui rebondit sur le sol et finit à plat dans l'herbe, absorbé par le spectacle du corps de sa mère se dévidant dans les flots. Bientôt il ne resta d'elle qu'une flaque de terre et de placenta.

Dans les mois qui suivirent, un immense pommier poussa à cet emplacement, dans lequel l'enfant allait aimer grimper pour se repaître des fruits à même les branches. Grisha l'éleva jusqu'à ses quinze ans. Elle le nourrit et le soigna, le laissa grandir au milieu de la forêt, confiant le soin de son éducation à la nature dont il était fils, né de Kolia Ivanenka, femme-poisson et de Tochko Tochkovitch, créature de la montagne. L'enfant avait si bien appris les leçons des arbres et des animaux que certaines nuits il ne rentrait pas, gîtant comme les bêtes dans leur terrier. La vieille laissa faire. Y compris lorsqu'il décida de partir vers les sommets chercher cette ourse qu'il avait aperçue au cours d'une de ses chasses. C'est ainsi qu'Igor prit le chemin des kerns.

Maintenant, je sais. Cela ne change pourtant rien. Igor reste Igor. Le froid l'a en revanche transformé. On dirait ses poumons emplis de neige. Chacune de ses inspirations ouvre sa poitrine en crevasse, chaque expiration, même frêle, peine à remonter le long de sa gorge. De ses lèvres meurtries sort un souffle glacé, bleuté et confus comme du brouillard. Son corps n'est plus chaud et vibrant tel que je l'ai connu. Il a des raideurs de planche.

La vieille m'a ordonné de le retourner plusieurs fois par jour pour que la chair ne colle pas aux draps et ne s'ouvre pas en escarre. M'occuper d'Igor est nouveau. Ce n'est pas désagréable mais j'ai du mal à m'habituer à cette fragilité. C'est un colosse, un titan à terre, dont le regard n'a pour autant rien perdu de sa superbe. La force est là, pareille aux dernières flammèches d'un grand brasier qui peut reprendre à tout moment. Je m'applique à le faire boire, à le laver, à l'essuyer.

Pendant tout ce temps, Igor me regarde sans la moindre trace de honte, non plus que de gratitude. Il attend, fait confiance à ses jambes, son ventre, son cœur. S'ils sont assez forts, il marchera à nouveau, sinon il s'en accommodera. Quand l'arbre est mort, il tombe. Mais s'il reste une pousse, alors elle pourra redresser le tronc. L'enveloppe fragile deviendra de plus en plus solide, s'épanouira en brindille, puis en rameau. Le brun se mêlera timidement au vert jusqu'à devenir écorce. Sans crier gare, l'arbre aura repoussé. Igor connaît ces rythmes.

Je laisse le temps accompagner le travail de mes mains. L'hiver perd de sa vigueur et le vent cesse de siffler. La peau d'Igor reprend consistance, retrouve une température humaine. Il peut se lever, soutenu par mes bras et ceux de la vieille. J'applaudis à ses premiers pas mais il reste impavide. Y a-t-il une raison de se réjouir ? De coutume, un homme ne marche-t-il pas ?

La vieille, elle, demeure circonspecte, ne cesse d'ausculter l'intérieur des yeux d'Igor. Quelque chose l'inquiète, qu'elle ne veut dire.

Chaque fois qu'elle essaie de s'enfoncer dans la forêt, le sol le lui interdit. La neige n'a cessé de tomber durant cet hiver et, la débâcle venue, la terre peine à boire tous les torrents que vomit la montagne. Il est difficile d'avancer, la boue engloutit les pieds. Je comprends que la vieille cherche quelque chose.

Un soir, j'attends qu'Igor soit endormi pour

l'entraîner à part. Elle finit par parler. On ne peut plus attendre. Son sang va tourner, il va pourrir de l'intérieur. Il suffit de le renifler pour le savoir. Je ne m'en suis pas aperçue. Trop heureuse de le voir se relever pour me rendre compte que le froid a vicié ses humeurs. Il faut le purger au plus vite. L'aïeule me donne ses instructions. Demain, c'est moi qui irai dans la forêt.

Grisha me réveille à l'aube. Elle me confie des bocaux et une pince à moitié rouillée, me répète cent fois les mêmes recommandations. Laisser les plus foncées. Choisir celles qui ont une petite tête. Quoi qu'il arrive, tuer celles qui ont des anneaux bleus. Elles pourraient contaminer les autres et provoquer une hémorragie. Je les trouverai dans des eaux propres, là où croît la mousse et coassent les grenouilles. Une fois que je les aurai rapportées, elle se chargera du reste. C'est elle qui administrera les saignées. La vieille a besoin de sangsues.

Je pars avec le petit jour. Cela fait des semaines que je ne suis pas sortie, vissée au chevet d'Igor. Les zébrures du soleil derrière les arbres m'éblouissent. Dès les premiers pas, des amas de boue s'agglomèrent à mes pieds, ralentissent mon allure, si bien que mon ombre finit par me précéder. La lumière du jour m'agresse et le sang dans mes veines coule avec la viscosité de la bave. Je présente tous les symptômes de la maladie. À force de veiller Igor, je suis devenue une sorte de petit singe idiot. Se gratte-t-il ? Je ressens des démangeaisons. A-t-il froid ? Il faut que je me couvre. Mon attention est depuis si longtemps et si exclusivement portée sur lui que j'ai fini par n'être qu'une extension de sa personne. Vais-je me laisser mourir du mal dont il souffre ?

Une chouette effraie, surprise par le petit matin, se met à hurler. Son cri fantomatique perce mes oreilles. La peur remonte le long de mon échine et vient secouer mon esprit flottant. Je m'ébroue. Le cri de l'oiseau a déchiré la poche de latence. L'hiver et sa torpeur doivent prendre fin.

Je poursuis la route des vallons avec plus d'ardeur. Mais d'eau fraîche et saine, je n'en trouve pas. Kilomètre après kilomètre, je collectionne les flaques sales devenues repaires de bêtes grouillantes. L'hiver dégoulinant a tellement labouré les sols qu'ils dégorgent d'eau mêlée de terre. La vieille le savait. Elle m'a parlé d'un coin où la glace fond en torrent. C'est un endroit difficile à atteindre, situé en contrebas des vallons. Griffée par les ronces et fouettée par les branches humides, je dévale la montagne, cherche dans les broussailles et finis par apercevoir cette falaise de glace qui crache une onde claire. Je me faufile à travers les troncs et parviens au pied de la paroi. Les chutes d'eau ont creusé des vasques recouvertes de mousse. Je m'accroupis au bord et m'asperge le visage. Sur les berges, des œufs de grenouille s'accrochent en grappes dodues. Je les caresse comme je caresserais la tête d'Igor. En relevant le visage, le spectacle de la forêt tout autour me saisit. Tout me revient. L'immensité du ciel. La traînée laiteuse d'un nuage juvénile. La fulgurance des trouées de lumière à travers les frondaisons. Un bourdon volette au-dessus de ma tête, plein d'une grâce pataude. Tout entre dans mes poumons. Je lampe l'air à grandes goulées, et ma langue reconnaît dans ce baiser un goût de terre et de ciel. Vert et bleu. La couleur des baisers d'Igor.

Car il est là, partout, et je ris. Je le caresse dans l'herbe qui échevelle le sol, me frotte à lui dans les bourgeons ventrus. Sa voix me berce dans le glouglou de la rigole et je quitte mon corsage, lui offre ma poitrine exposée aux assauts du soleil. Je me sens pleine et possédée, secouée par le frémissement des instants après l'amour. Des lucioles parcourent mes jambes. C'est évident, Igor est là, contre moi, et tant que le monde sera monde je pourrai le retrouver. Rien ne saurait changer cela. Pas même la mort.

Je penche ma tête au-dessus de l'eau et vois mes tourments se désagréger en petites sangsues se tortillant dans la vase. J'y plonge mes mains et attrape les bêtes avec la pince confiée par Grisha. Leur corps gras et gluant se contorsionne au bout du fer, ridicules sexes verts, noirs et orangés. Je ris de ce spectacle. Chaque prise m'égaie. Plus l'animal est replet, plus je m'esclaffe. Quand le bocal est plein, je reprends la route, les joues rosies.

Le chemin jusqu'à la cabane a volé les derniers instants de l'après-midi. J'arrive alors que le soleil forme un bout d'ongle à l'horizon. Grisha m'attend sur le seuil. Je l'ai déjà vue plantée ainsi, droite et austère, statue de patience. Elle rentre dans la maison en silence et je la suis. Son visage fermé ne m'encourage guère à sourire mais je conserve cette liesse au fond de moi. Comme une source de salut. Je m'accroupis au chevet d'Igor. Il respire avec peine. Sa gorge émet des chuintements. Je lui pose la main sur l'épaule. Il me regarde calmement. Puis il me fait signe de rejoindre la vieille qui a commencé ses préparatifs.

Elle a disposé sur la table des gamelles – deux vides, une pleine d'eau. On doit préparer les bestioles pour demain. Le plus important est de les faire vomir. Il suffit de les comprimer en commençant par la queue puis en remontant le long de leur corps, jusqu'au bouton de la tête. Alors elles régurgitent le contenu de leur estomac. La vieille s'y attelle au-dessus de la première auge, au fond de laquelle tombe, dans un bruit de crotte molle, un tortillon de vase. Elle jette ensuite la sangsue dans la casserole remplie d'eau. Toutes les bêtes passent ainsi entre nos mains. J'ai l'impression de vider des boudins, et cela sent âcre. Grisha rapporte un long couteau de la cuisine. Elle me désigne du menton et mime le geste de s'entailler l'avant-bras. Dans ses yeux, aucune échappatoire. Elle attrape mon poignet et tend mon bras au-dessus de la troisième gamelle. La vision des vers, l'amas de matière informe, l'odeur saumâtre de la vase suffiraient à me soulever le cœur. L'idée de me mutiler achève de le retourner. Igor, lui, continue de me regarder, attendant que je fasse ce qu'il y a à faire. Alors, péniblement, je lève le couteau. D'un coup sec je fais glisser la lame. La vieille presse la plaie pour que le sang coule dans la gamelle. Je suis à deux doigts de m'évanouir. Igor ne bronche pas, comme si nous étions en train de planter des pommes de terre. Je ne peux m'empêcher de trembler. La vieille me tapote l'épaule et dit seulement *C'est bien.*

Quand le sang a suffisamment coulé, Grisha y verse les sangsues qui gluent au fond du récipient. Les bestioles frétillent. Elles s'enroulent sur elles-mêmes, s'agglutinent dans une danse carnassière. Le contenu est rapidement englouti. Leur corps désormais sain, nourri du mien. La vieille s'affaire autour de moi. En un tour de main, elle a rangé tous les ustensiles. Dans ma tête, ses gestes se mélangent. J'ai besoin de repos. Les sangsues aussi, qui digèrent leur festin. La nuit pourvoira à nos besoins.

La mienne est habitée de rêves écarlates tous plus effrayants.

L'un d'eux me réveille en sursaut. L'entaille dans mon bras me lance. Je titube dans la pièce. L'odeur saumâtre n'a pas disparu et la cabane baigne dans une atmosphère de marécage. La vieille est déjà debout. Elle frotte les bras d'Igor, dont la peau rougit. Grisha applique alors une première sangsue. Elle répète l'opération quinze fois le long des deux bras. Gloutonnes, les sangsues tètent à même la morsure. Je regarde Igor sans savoir quoi dire. Je dois avoir l'air bien bête car il se met à rire, et moi aussi. Finalement nous n'avons rien de mieux à faire en attendant que les bestioles aient fini de se remplir la panse.

Quand la vieille commence à les retirer, nous reprenons notre sérieux. Ses gestes sont savants. Les têtes cèdent sous la torsion de ses doigts. Bientôt Igor est libéré. Grisha applique une pommade sur ses plaies et lui ordonne de se reposer. Il ferme aussitôt les yeux et je souris.

Pendant deux semaines, la vieille applique les sangsues sur le corps d'Igor à raison d'une saignée par jour. Chaque fois, elle ausculte l'intérieur de ses paupières pour examiner l'évolution. Les vaisseaux sont de plus en plus vermeils. En guise de contentement elle émet un claquement sec de la langue.

Je passe mes journées à l'extérieur, chargée

de rapporter de quoi nous nourrir. Chercher les baies comestibles, les champignons et les tubercules a toujours été un jeu pour moi. Je pousse quelques fois jusqu'à la rivière, pour poser une nasse. Mes muscles retrouvent leur tension et je reprends les tâches quotidiennes avec un authentique plaisir. Chaque matin, avant de partir, j'aide Igor à se lever et à faire quelques pas dehors. Ses jambes retrouvent leur aplomb. Il se débrouille de mieux en mieux, même si son souffle reste encombré.

Nous demeurons de longs mois chez Grisha. Le temps de la convalescence.

Un soir, la vieille commence à parler d'avant le Grand-Oubli. Igor dort. De la table où je trie les boujiks, séparant terre et feuilles de leur corps orange, sa voix me parvient assourdie. Seule la lampe à pétrole éclaire la cabane, et cette pénombre dorée cajole les confidences. L'odeur de la karja se mêle au parfum des champignons, emplissant la pièce du trouble feutré des soirs de secret.

À l'époque où le Comité avait agrandi l'orphelinat, Grisha avait été engagée en tant que soignante. En ce temps-là, elle était jeune. Jeune et terriblement belle.

Tous les garçons de Varatcha avaient demandé sa main. Sa sœur, Vera, de deux ans sa cadette, ne décolérait pas. Aucun homme ne la regardait jamais. Le Père ne jurait que par l'aînée de ses enfants. Vera n'était à ses yeux qu'une ombre sans intérêt. Il l'avait même destinée au cadet des Petrovitch, un boiteux qu'elle épouserait quand elle serait en âge de quitter la maison. Le père Petrovitch aurait préféré obtenir la main de Grisha, avait même offert une dot substantielle, mais dut se contenter de la puînée. On ne marie pas si facilement un boiteux. D'autres paysans, attirés par la beauté de Grisha, avaient défilé dans la cabane. Leurs propositions étaient toutes plus tentantes, mais aucune ne semblait assez généreuse pour le Père. À quoi bon avoir une fille aussi belle si ce n'était pour les sortir de la misère ? Grisha aurait pu séduire jusqu'au plus riche des boyards. Mais des fortunes, dans le pays, il n'y en avait pas. Comment tirer le moindre sou d'une terre aussi hostile ? Alors, plutôt que de risquer une mésalliance, on avait attendu. Les mois et les années avaient passé sans qu'aucun homme ne goûte à sa beauté. Elle avait fini par la promener dans le village comme une fatalité. Sa sœur, laideronne promise à un estropié, ne lui parlait plus. Le Père continuait à rêver de riches alliances, tandis que Grisha périssait d'ennui. Elle avait fini par le supplier. Pouvait-elle au moins travailler ? On cherchait une soignante à l'orphelinat. De guerre lasse, le paternel avait fini par accepter.

Grisha fait une pause. Avec un tison elle ranime le foyer de sa pipe et aspire longuement. Quand elle expire, un soupir se mêle à la grisaille. Pour toutes les vieilles il est douloureux de parler du temps d'avant le Grand-Oubli. La guerre a balayé les mémoires, les bombardements ont soufflé les images du passé et laissé place à l'horreur. Et l'horreur entre dans les têtes pour ne plus en être délogée, s'installe dans les moindres recoins, gâte tous les souvenirs. À la fin il ne reste que des débris. C'est pourquoi, à l'issue de la guerre, les vieilles ont voté pour le Grand-Oubli. La Bête a été chassée dans les replis de leurs mémoires. Toute leur vie elles ont essayé de la tenir en laisse. Et quand certains soirs la scélérate se réveille, il faut calmer ses appels, anesthésier la douleur. Les graines de karja y pourvoient. C'est une bonne nourriture pour la Bête. Combien de soirs ai-je vu Baba fumer, assise au fond de son fauteuil à bascule, des larmes presque poisseuses au coin des yeux. Le passé a un goût d'épine. Comme Baba les soirs de karja, la vieille Grisha parle lentement. Avec la graine, la conscience somnole. Elle se concentre pour se souvenir.

Des enfants, il y en avait beaucoup à l'orphelinat. Ils étaient nombreux, trop nombreux. Et tous souffraient. Leurs mères étaient pour la plupart mortes en couches, laissant leur mari démuni. Comme il fallait continuer à travailler la terre tout en s'occupant du reste de la fratrie, les pères ne pouvaient se soucier d'un nourrisson en plus. Ils laissaient alors le soin de l'élever à ceux dont c'était le métier. Ils venaient déposer l'enfant, emmailloté dans ses langes, sur le seuil de l'orphelinat, la nuit, à cause de la honte. Le lendemain, ils déclaraient au Comité que l'enfant était mort-né, qu'il avait été enterré avec la mère. Personne ne cherchait à remuer ces histoires. Les enfants ainsi abandonnés constituaient à peu près la moitié des effectifs de l'orphelinat. On les appelait les Va-au-Diable. Les autres étaient de vrais orphelins, que l'on récupérait sur le bord des routes ou dans les forêts. Leur famille avait été décimée. Épidémie, incendie, crime ou accident, les fléaux ne manquaient pas. Par on ne savait quel prodige, ils en avaient réchappé. C'est pourquoi on les appelait les Miraculés. Ils étaient mieux traités. Contrairement aux Va-au-Diable, personne ne les accablait. Grisha avait consacré toute son énergie à soigner les uns et les autres sans distinction, leur distribuant l'amour qu'elle ne pouvait donner à aucun homme, tandis que le Père continuait de nourrir ses rêves d'union florissante. Grisha, elle, avait cessé d'y penser. Seuls comptaient les enfants. Elle passait son temps à apprendre comment guérir tel mal, apaiser telle douleur, à alléger le fardeau de ces petites choses martyrisées par le destin. Des années avaient ainsi passé, au cours desquelles elle avait patiemment appris le pouvoir des plantes. Jamais elle n'avait cessé cet apprentissage. Très vite, elle avait dépassé en sciences l'infirmière de l'orphelinat. Elle était devenue la Guérisseuse.

Grisha a un petit ricanement. On peut y deviner une pointe de dédain pour ces hommes et ces femmes qui l'ont sollicitée. Elle les a aidés. Tous. Mais eux ? Elle tire une longue bouffée sur sa pipe. La cabane s'emplit d'un nuage bleuté.

Un jour une roulotte était arrivée à Varatcha. Une famille qui venait de loin, des terres plus au sud. Elle voyageait de village en village, vivant de l'aumône et des spectacles qu'elle donnait sur les places. Les hommes avaient demandé au Comité un lopin de terre pour monter le campement. Par précaution, ils avaient précisé qu'ils étaient de passage. De peur qu'ils ne mentent et veuillent s'installer, le Comité leur avait accordé une parcelle à la sortie du village. Un endroit où l'herbe ne poussait pas, où l'eau était toujours trouble. La Terre-Morte. C'était comme ça qu'on l'appelait.

Ils avaient dit merci.

Ils étaient neuf. Il y avait le Père et la Mère. On ne les appelait pas autrement. La vie les avait pourvus de quatre enfants. Le plus grand avait environ quinze ans. Déjà presque un homme, un léger duvet lui surlignait les lèvres. Ses haillons laissaient paraître un torse fuselé. Cette physionomie lui avait valu le surnom de la Tige. Puis venaient deux filles. L'une avait huit ans et ne cessait de se plaindre. Elle traînait sa mauvaise humeur aux quatre vents et avait hérité du nom de Mauvaise. L'autre n'était pas très haute mais chantait de sa voix douce et déjà grave des chants qu'elle inventait. Elle avait été appelée Rossignol. Puis il y avait le petit dernier. Il ne devait pas avoir plus d'un an. Toujours agrippé aux bras de sa mère, il hurlait dès qu'elle le posait. Elle l'installait alors contre le ventre de l'ourse qui les suivait. Le petit, lové dans la chaleur de la bête, cessait aussitôt de pleurer. La mère pouvait alors s'occuper des tâches quotidiennes. On avait surnommé l'enfant Petit-Ours. C'était l'oncle qui avait capturé l'ourse. Le frère du Père. Comme son père et son grand-père avant lui, on l'avait surnommé le Dresseur, car tous trois savaient dompter les bêtes sauvages. Ils tenaient cette science d'un temps qui n'appartient plus à la mémoire des hommes, quand le plus vieux de leurs ancêtres avait soumis le plus sauvage des plantigrades. La jeune sœur de la Mère, dite la Diseuse, avait hérité, elle, du don de conter les histoires. Certains soirs, dans le crépitement du feu, elle ouvrait la bouche et les mots se déroulaient en rubans sur lesquels était brodée l'épopée de la famille. Les errances devenaient aventures, les chicanes exploits. La grand-mère n'était en revanche pas bavarde. La baba passait son temps à observer le soleil. Sur sa peau, celui-ci avait creusé des sillons cramoisis qu'on pût croire tracés au fer rouge. Tout le monde ne l'appelait plus que la Vieille, mais fut un temps où elle avait répondu au joli nom de Tournesol : avant d'avoir les cheveux blancs, elle avait été blonde.

La fierté de la famille était cette ourse, la Tochka, qu'ils avaient si bien dressée qu'elle était capable de marcher sur un fil tendu entre deux arbres. Elle était plus intelligente qu'un homme et avait appris des tours par dizaines. La famille les présentait le soir entre les danses, les chants et les acrobaties. Sur la scène improvisée, l'animal jonglait avec des balles, des torches enflammées, faisait des roulades avant, arrière, et connaissait même des tours de magie. Debout sur ses pattes arrière, elle applaudissait avec ses pattes avant pour encourager le public à faire de même.

Quand Grisha apprit qu'un spectacle allait être donné, elle y avait emmené les petits de l'orphelinat. Dès les premiers numéros, ils avaient adoré. Pour la première fois elle les avait vus rire et applaudir à tout rompre. Surtout quand le Dresseur avait mis sa tête dans la gueule de l'ourse. Les petits exultèrent quand l'animal la libéra. Grisha souriait. Elle se sentait heureuse. Elle n'avait cessé de sourire, plus radieuse que jamais dans la lumière des flambeaux. Pour finir, l'ourse s'était mise debout, une patte cachée dans son dos, et s'était approchée du public. Certains avaient reculé, craignant qu'elle ne dissimule une arme. Un instant, la Tochka avait médusé le temps, maîtresse du destin. Elle avait fini par désigner Grisha, lui indiquant d'un mouvement de patte qu'elle devait venir sur scène. Apeurée, la belle s'y était néanmoins rendue, poussée par les petits qui avaient entonné son prénom en chœur. *Grisha ! Grisha ! Grisha !* Ils criaient à l'unisson et c'était la première fois, de mémoire de vagabond, qu'une femme était ainsi acclamée. Quand elle fut sur scène, sa beauté éclata. On n'entendit plus que le souffle retenu du public. L'ourse sortit sa patte de derrière son dos. Entre ses griffes, une fleur rouge. Quand elle la posa délicatement sur l'oreille de Grisha, ce fut une ovation : les petits de l'orphelinat firent claquer leurs mains rougies, sifflèrent sans s'arrêter de peur que la grâce ne s'enfuie. Les baladins accoururent sur les planches pour le salut final. Ils entraînèrent Grisha dans leur farandole. Quand une main saisit la sienne. Brûlante. Tout tournait autour et elle s'agrippa aux doigts, ceux du Dresseur. Il n'avait vu qu'elle dans le public. C'était lui qui indiquait à l'ourse qui choisir parmi les spectateurs.

Grisha pose la pipe sur la table de chevet, dont elle ouvre le tiroir. Elle en sort un livre de remèdes. Entre la couverture et la première page, une fleur rouge, qui n'a rien perdu de son éclat, a été conservée. Grisha la caresse du bout de son index, referme le livre puis le replace dans le tiroir. Elle tourne sa tête vers Igor et, avant de reprendre, aspire plusieurs bouffées de karja.

Les villageois saluèrent l'exploit plus discrètement. Au contraire des petits orphelins qui hurlaient de joie, ils craignaient de manifester trop ostensiblement leur plaisir. S'ils avaient aimé le spectacle, les saltimbanques demeuraient des pouilleux. Le lendemain, quand la magie du théâtre serait évanouie, chacun leur opposerait son air le plus méfiant. Que savait-on d'eux ? D'où venaient-ils ? Ici on avait la peau claire et on travaillait la terre. Personne ne dressait d'ours habillé de breloques. Tout ça flairait la diablerie.

Pourtant, le lendemain, un observateur un peu habile eût pu percevoir dans le regard de certains une flamme rouge qui trahissait leur désir. Ils étaient beaux, ces ambulants avec leur peau tannée par on ne savait quel lignage ancestral. Leurs yeux étaient grands et l'on y voyait bondir des feux follets à l'éclat de pépites d'or. Les filles dansaient avec de grandes jupes brodées, dans l'ourlet desquelles tintaient des pièces de cuivre. Peut-être y cachaient-elles des trésors. Cela donnait envie de soulever ces jupons. De dénouer les foulards frangés qui leur ceignaient la taille. Mais cet attrait avait un arrière-goût de scandale. Le désir qui chauffait le creux du ventre était interdit. Honteux. Chacun se flagellait d'avoir pensé à mal et l'appétit de mordre dans les chairs brunes finit par se commuer en haine pour ces femmes qui avaient éveillé de telles concupiscences. Alors on murmura que sous leurs jupes elles cachaient, plutôt que des trésors, des démons. Mieux valait garder ses distances. On trouva des chemins pour contourner Terre-Morte. Rares étaient les villageois qui répondaient aux salutations des vagabonds. Eux n'y prêtaient pas attention. Ils étaient habitués.

Seule Grisha n'évitait pas le campement. Elle y passait chaque matin et chaque soir pour se rendre à l'orphelinat. Chaque fois le Dresseur l'attendait sur le bord du chemin et lui offrait son regard brûlant. Elle baissait la tête, mais sur ses joues se devinait la courbe d'un sourire.

Grisha laisse les mots flotter dans la cabane. La trace de ce sourire rosit ses lèvres et adoucit ses traits. C'est bref, aussi fulgurant qu'un éclair, mais un instant sa beauté d'antan irradie le masque plissé de la vieillesse. Derrière le cuir et les rides, par-delà l'affaissement, on entraperçoit le visage clair comme l'eau de source, chantant et limpide, de la jeune fille qui s'éveille au désir. On voit l'appétit de l'autre, l'envie d'être peau à peau qui s'enroule dans le ventre, teintés d'une lumière douce et chaude, celle des aubes aux rayons mauve et lilas, celle qui caresse les champs et l'horizon. Un instant, les joues crépusculaires de la vieille sont parcourues d'un frisson soyeux. Mais la déchirure du temps, la douleur de l'absence ont tôt fait de violacer les reflets d'aurore et, dans le silence bruissant du passé, la vieille respire longuement, replace chaque ride, chaque pli sur son visage, et la peau froncée, gardienne du souvenir, fait refluer la mémoire de son corps loin à l'intérieur des chairs, scellée pour le futur. Le masque raide de la vieillesse reprend possession du visage, la vieille, elle, son récit.

La vie s'était organisée en Terre-Morte. Cela faisait plusieurs semaines que la famille avait établi son camp, faisant fi du sol inhospitalier. Les étendages de linges éclaboussaient la terre noire de taches colorées. Les rouges claquaient au vent et les pièces de cuivre cousues en liseré carillonnaient. Malgré les admonestations du chef du Comité, les vagabonds avaient refusé d'attacher l'ourse. Ils savaient qu'on les massacrerait si l'animal touchait à un seul cheveu d'un seul villageois. Mais ils savaient aussi que l'ourse obéirait. Alors ils n'avaient pas peur.

Ils se produisaient dans les campagnes alentour, récoltant un maigre pécule qui leur permettait de subvenir aux besoins élémentaires. Les hommes avaient creusé un trou dans le sol pour puiser l'eau. Le liquide avec lequel ils remplissaient leur verre était trouble.

Un soir, alors que Grisha passait devant le camp pour rentrer chez elle, le Dresseur avait pris ses mains dans les siennes. Elle n'avait pas baissé les yeux. Il avait serré fort et elle avait répondu en serrant fort à son tour. Ils avaient cousu leurs doigts, et dans cet entrelacs, ils s'étaient abandonnés. Ils avaient pressé avec tant de violence, phalange contre phalange, paume contre paume, qu'ils se firent mal. Il y avait de la brûlure dans leur amour. Ils savaient que les convenances seraient plus fortes, qu'elles feraient barrage. Bien que cet amour fût désespéré, ils venaient de décider. Envers et contre tout, leurs mains broyant les obstacles, ils s'étaient dit oui. Dans cette étreinte, ils s'immolaient pour s'aimer.

Cette nuit-là, Grisha s'échappa de chez elle. Chaque nuit, pendant une semaine, elle alla rejoindre le Dresseur.

Elle ne me dit rien d'autre de leur amour, sauf qu'il dura sept jours et sept nuits.

Au petit matin du huitième jour, alors qu'elle poussait la fenêtre de sa chambre entrebâillée la veille, elle trouva l'huis clos. Quelqu'un avait refermé le loquet. Sa sœur ne tarda pas à s'avancer derrière la vitre. Elle semblait avoir attendu toute la nuit, tenue éveillée par la haine, sa couenne racornie par le désir de se venger de tant d'années d'humiliations. Grisha allait payer. Vera ouvrit simplement la fenêtre et dit *Si tu retournes encore une fois là d'où tu viens, je raconterai au Père que tu es une catin.* Grisha savait bien que leur père n'hésiterait pas à l'enfermer. Elle céda au chantage de la sœur et ne s'échappa plus.

Grisha dut se contenter de passer chaque matin et chaque soir devant le camp. Chaque fois elle laissait tomber un petit mot. Le Dresseur ne savait pas lire mais la Diseuse, qui connaissait le secret des livres, le lui déchiffrait le soir, à la lumière des flammes. Et chaque matin, Grisha ramassait la réponse sur le chemin, écrite de la main de la Diseuse, sous la dictée fiévreuse du Dresseur.

Des semaines d'amour de papier s'écoulèrent ainsi.

Mais un matin elle ne trouva aucun message. L'inquiétude étreignit son cœur. Le campement semblait désert. Elle continua sa route jusqu'à l'orphelinat. La journée la mit au supplice. Même les plaisanteries des enfants ne la divertissaient plus. Le soir, quand elle repassa devant le camp, il régnait une agitation extrême. Le Père et le Dresseur soutenaient la Diseuse qui vomissait abondamment. Rossignol chantait des incantations pour chasser le Mal, que la Mère, accompagnée de la Vieille et des autres, reprenait en chœur. Dès qu'ils l'aperçurent, ils l'exhortèrent. Tout le monde connaissait ses talents de guérisseuse.

La Diseuse avait commencé à avoir des diarrhées abondantes et incolores. Sa température était montée très haut et ne baissait pas malgré les cataplasmes sur le front et la poitrine. Au petit matin, elle s'était mise à vomir. On avait beau la faire boire, elle régurgitait tout.

Son corps était dans un état d'extrême épuisement. Grisha entrouvrit son corsage. De petites taches rosées constellaient la peau brune, c'était mauvais signe. Elle lui fit ouvrir la bouche. La langue était pâteuse, blanchâtre. Elle ordonna alors aux autres de ne plus boire l'eau du puits, ils risquaient d'être à leur tour contaminés. Il fallait qu'ils observent des règles strictes. Se laver les mains à chaque fois qu'ils touchaient la Diseuse, avant de boire, de faire la cuisine ou de manger. Il leur fallait de l'eau propre. Beaucoup d'eau. Le Dresseur dut aller jusqu'à la rivière pour y remplir un tonneau. Grisha leur demanda s'ils avaient du sel. Mais de sel ils n'avaient point. Elle leur promit d'en rapporter. Il fallait le mélanger à l'eau de boisson pour fixer le liquide dans les entrailles de la malade. Sans cela elle allait se dessécher. Grisha courut chez elle, retourna le placard pour trouver le pot et le rapporter en Terre-Morte. Mais Vera, alertée par le charivari, ne tarda pas à rappliquer. Elle n'allait pas rater une si belle occasion de tourmenter cette sœur honnie. Alors, une fois encore, elle l'empêcha de retourner au campement en usant de cet odieux chantage. *Si tu cherches à t'échapper, je te donnerai au Père et il t'enfermera.*

Grisha serre les poings sur la pipe. La colère est toujours là, aussi vivace que le liseron.

Le lendemain, elle dévala la colline pour apporter le sel au camp. Mais c'était trop tard. La Diseuse avait passé la nuit à délirer. Ses récits n'avaient plus ni queue ni tête. Au petit matin, elle avait été secouée par une série de convulsions. Ses fables démentes étaient devenues des borborygmes de plus en plus espacés. Jusqu'à ce qu'elle éructe du sang. Puis plus rien. Le Dresseur et la Tige s'étaient épuisés en allers-retours à la rivière. Leurs yeux étaient fatigués, leur peau terne. La famille devait avoir accès à un point d'eau plus commode, sans quoi ils périraient tous.

Grisha courut jusqu'à la cabane du chef du Comité qui la reçut avec circonspection. Elle lui expliqua la situation, tout en étouffant sa crainte d'une épidémie afin que la famille ne soit pas chassée. Elle demandait seulement l'autorisation que l'un d'eux puisse haler l'eau du puits. Mais le chef balaya sa demande d'un geste de la main. On leur avait prêté la terre. Ils voulaient maintenant l'eau. À ce rythme, ils finiraient par vouloir leurs femmes. Il suffisait. Qu'on ne l'ennuie plus avec ces vétilles.

Grisha n'avait pas le temps de retourner au camp. Elle devait se rendre à l'orphelinat. La journée lui parut interminable. Dès midi, la nouvelle était parvenue au patelin. *Quelqu'un a crevé en Terre-Morte ! Quelqu'un a crevé en Terre-Morte !* L'annonce avait l'accent odieux de la joie quand elle est macabre. La rumeur allait bon train. La putain avait la syphilis, elle a crevé le sexe béant de pourriture… Bien fait ! Les chiennes ne méritent que ça ! Bientôt les calomnies se teintèrent de crainte. Et s'ils avaient rapporté des affections inconnues de leurs voyages ? Le mieux ne serait-il pas de les renvoyer loin du village ?

À la fin de la journée, Grisha courut jusqu'au campement. Le mal avait gagné du terrain. L'eau propre manquant, les enfants avaient bu en cachette dans le trou. La contagion avait été rapide. Sur le torse des petits, des taches rosâtres en minuscules confettis. Et dans la bouche, la langue crayeuse. Ils étaient brûlants de fièvre. Il fallait les faire boire. Beaucoup d'eau. Propre. Grisha retroussa ses manches et aida le Dresseur à remplir les tonneaux à la rivière. De retour au campement, elle lui demanda de soulever sa chemise et retint son souffle. Par miracle, il n'avait aucune tache. Elle indiqua à la Mère comment réhydrater les petits, quelle quantité de sel il fallait diluer dans chaque verre pour qu'ils ne se dessèchent pas. La Mère pleurait et chantait les mélodies que Rossignol avait inventées. Elle chantait faux et le spectacle de cette famille eût attendri le plus féroce des guerriers. Mais l'indifférence des villageois était plus cruelle que le plus cruel des soldats. Certains vinrent en charognards aux abords du camp. Ils crièrent aux vagabonds qu'ils n'étaient plus les bienvenus. *On vous brûlera si vous ne déguerpissez pas !*

Grisha resta un moment, appliquant les cataplasmes sur le front bouillant de la Tige, glissant un filet d'eau salée dans la bouche de Petit Ours. Rossignol ne chantait plus. Elle gémissait. Les diarrhées se répandaient partout sur le sol. Les villageois assistaient de loin au désastre, vautours perchés sur la colline. L'un d'eux avait dû aller raconter au père de Grisha que sa fille aidait les moribonds. Il arriva avec une fourche. *Comment diable vais-je pouvoir te marier si tu attrapes le mal ?* Le Dresseur tenta de s'interposer, l'ourse lança les pattes, mais Grisha ne voulait pas ajouter un drame à ce qui était déjà une tragédie. Elle obéit à son père et rentra à la maison.

Le lendemain matin, sur le chemin de l'orphelinat, elle s'arrêta au camp malgré l'interdiction. Les quatre enfants étaient morts. Les uns après les autres. Le Dresseur n'avait cessé de faire des allers-retours pour remplir les tonneaux à la rivière. Il était à bout de forces. Malgré tous ses efforts, l'eau avait manqué. La Tige avait rendu l'âme en premier. Son corps élancé avait perdu toute son élasticité. Efflanqué dans ses haillons, son cadavre sentait déjà la décomposition. Après la Tige, cela avait été le tour de Rossignol. Elle avait cessé de chanter à jamais, la gorge trop sèche pour émettre le moindre son, muette pour l'éternité. Elle reposait dans ses jupes colorées, de sa gaîté il ne restait rien, hormis les couleurs de ses voiles souillés par les selles. Après Rossignol, la Mauvaise n'avait pas tardé à cracher son dernier souffle, fidèle jusque dans la mort à sa méchante humeur. Quand les premières lueurs du jour avaient pointé au-dessus de la colline, Petit-Ours restait le seul à lutter. Il n'avait pas quitté les bras de sa mère – elle aussi avait la langue blanche et ne parvenait plus à se retenir dans ses jupons. L'ourse avait passé la nuit à gémir, penchée sur l'enfant qui s'amenuisait à force de se vider. Au petit matin, il n'était resté de lui qu'un tas de peau se confondant avec les langes. On ne distinguait plus ce qui du tissu ou de la membrane retenait les os. La Mère errait dans le campement, le cadavre de l'enfant contre son sein. La folie s'était emparée de son esprit et elle répétait sans cesse des phrases dans une langue que seuls les voyageurs comprenaient. Rien ne semblait pouvoir arrêter le Mal. Le Père et le Dresseur voulurent enterrer leurs morts. Mais Grisha les conjura de n'en rien faire. Cela contaminerait la terre. S'ils voulaient qu'un seul d'entre eux survive, il fallait brûler les dépouilles. Alors ils rassemblèrent du bois au milieu du campement. Grisha les aida jusqu'à ce qu'un monticule de souches, branches et broussailles soit érigé. Les hommes enveloppèrent les corps dans des tissus chatoyants. Quand on les déplaça au sommet du bûcher, une pestilence insupportable se répandit dans l'air. On dut arracher des bras de la Mère le cadavre de son enfant. L'atmosphère devint irrespirable. Le Dresseur avait attaché un foulard rouge sur le bas de son visage. Il était debout, en haut des branches, et la tache rouge du foulard crachait au monde toute la souffrance et l'insoumission des siens. Il chercha dans sa poche des pièces de cuivre et les posa sur les yeux des morts. Pour payer le Passage. Une fois qu'il fut redescendu, la Vieille dit simplement *Nous sommes tous de passage. Simplement de passage.* Et ils enflammèrent le bûcher.

Les villageois, attirés par la fumée et l'odeur de chair brûlée, comprirent qu'on incinérait les morts. Alors rien ne put contenir leur folie. Ils crièrent à la sorcellerie. Les hommes accoururent avec des fourches et tout ce qui pouvait servir d'arme. Ils arrivaient de partout, brandissant à bout de bras des torches, des pioches ou de simples cailloux. La Mère, déjà mourante, fut lapidée sous les yeux du Père. Celui-ci n'eut pas le temps de crier qu'un paysan l'embrocha au bout d'une pique. La Vieille, prostrée, regardait le soleil. On lança sur elle des torches enflammées. Le feu prit dans ses cheveux. On aurait dit qu'elle était à nouveau blonde, elle que dans sa jeunesse on avait appelée Tournesol et qui allait mourir ainsi, sorte de soleil vivant. Le Dresseur serra Grisha si fort qu'il faillit lui briser les os. Avant de s'enfuir, il lui confia son foulard. Puis il détala, sifflant pour appeler l'ourse, et tous deux coururent en direction de la forêt. Là, ils pourraient se cacher. Au milieu des flammes et du sang, Grisha priait. *Pourvu qu'ils arrivent jusqu'à la forêt.* Son regard ne quittait pas le dos du Dresseur. Il esquivait les pierres et les projectiles. *Pourvu qu'ils arrivent jusqu'à la forêt.* L'ourse renversait tout homme essayant de leur barrer le passage. Heureusement la forêt n'était plus loin. Ils approchaient de la lisière, Grisha retenait son souffle. L'ourse atteignit le bois la première. Le Dresseur allait y arriver quand un sifflement sec traversa la plaine. Le fils Petrovitch, le boiteux, avait tiré. Le fugitif s'effondra. Une fleur de sang se dessina dans son dos, d'abord minuscule, puis la corolle s'élargit, plus ample et purpurine, formant des pétales qui ne cessèrent de s'épanouir. Ils s'épaissirent pour envelopper le corps d'un manteau qui s'étala dans l'herbe. Le sol but le sang du Dresseur comme on se gorge de vin, se repaissant de la chute d'un juste. La mort avait déposé sur sa dépouille un linceul incarnat, la couleur que l'on réserve aux rois. Grisha hurla.

Seule, la Tochka courait en direction des montagnes. Loin des hommes, par-delà les cours d'eau et la douleur, cherchant la plus haute des cimes dans l'espoir que le bleu du ciel la laverait de tout. Mais parvenue au sommet, elle n'avait pu s'empêcher de regarder derrière elle, attirée par un coquelicot, reconnaissant dans le contour des pétales les bras et les jambes du Dresseur. Une larme avait perlé à son œil ; aucun tour de magie ne relèverait jamais son maître, et à voir pleurer ainsi cette bête, personne n'aurait pu opposer la sauvagerie de l'animal à la barbarie des humains.

Grisha reste silencieuse. Son deuil n'a jamais pris fin.

Depuis ce jour elle n'a plus quitté le foulard. Malgré la crasse et le temps, il garde la couleur irréductible de l'amour jusqu'au sang.

Elle tire une bouffée de sa pipe, reprend son récit. Les phrases remontent dans sa gorge en chapelet de grosses bulles.

Longtemps après le massacre, Grisha était restée muette. Elle avait continué à soigner les enfants de l'orphelinat mais toute trace de joie avait disparu de son visage devenu aussi immobile qu'une statue. Les petits avaient beau la caresser, monter dans ses bras, lui chanter des berceuses, son regard conservait la même fixité, plongé dans cette enclave du temps où l'horreur avait glacé ses traits. Son esprit aussi était resté en Terre-Morte. Dans le village, on la regardait comme une paria. À la maison, on la traitait comme on traite les chiens.

Depuis les sept nuits d'amour, son sang n'avait plus coulé. Elle pensait que lui aussi avait été figé par l'horreur. Au bout de quelques semaines, elle n'avait pourtant pu ignorer ce qui était : le Dresseur continuait de vivre en elle. Elle s'était accrochée à ce bout du passé resté intact, le seul qui n'avait pas été mis en pièces. Elle avait caché son ventre.

Arriva le jour des noces de la sœur. Les Petrovitch vinrent les bras chargés de victuailles. La cadette portait une robe blanche qu'elle avait passé des mois à coudre. Ni les volants, ni les frous-frous, pas plus que la couronne de fleurs ne parvenaient à l'embellir. Chaque effort de toilette soulignait le grotesque de son allure et la méchanceté de ses traits, quand la sobriété de Grisha, le cerne bleuté de ses yeux, sa chevelure emmêlée par le vent resplendissaient. Bien sûr la sœur en prit ombrage. Ne serait-elle jamais reine d'un jour ? Avant même qu'on ait entamé les zakouskis, elle arracha le corsage de l'aînée, révélant aux yeux de tous le ventre bombé que celle-ci cachait. Une vague d'émoi parcourut l'assemblée. Tous les yeux convergèrent vers le Père. On attendait sa réaction. En bon rustre qu'il était, le paysan chassa sa fille à coups de bâton. Qu'elle ne remette plus les pieds ici et qu'elle aille au diable. Elle était fille de malheur.

Grisha s'était enfuie. Elle avait couru, le corsage ouvert sur sa poitrine, le vent fouettant sa peau car ses amours bâtardes avaient jeté sur elle l'anathème. Elle avait couru à travers le village, sous les regards cinglants, et ni sa tête ni ses jambes ne savaient plus où aller, elle avait couru, ses longs cheveux flottant dans l'air telle une couronne de méduses, et plus elle courait, plus les contours de sa silhouette dessinaient l'ombre d'une sorcière, prêtresse monumentale. Dans le village on se calfeutra, les portes et les volets claquèrent jusqu'à ce que le village soit désert. Grisha sillonna chaque rue, chaque impasse à la recherche d'un abri, d'une main tendue, mais son corps agissait comme un poison, effaçant toute trace de vie sur son passage.

Sa tête finit par l'abandonner, lavée par les pleurs qui se déversaient en rigoles le long de ses cheveux, formant des tentacules de tristesse. Elle courut sans savoir où elle allait, mais si quelqu'un l'avait suivie, il aurait reconnu le chemin qui menait à l'orphelinat. Les pieds de Grisha répétaient le trajet quotidien, parcouru tant de fois qu'il s'était incrusté dans la peau de ses talons jusqu'à en pénétrer les chairs, si bien qu'elle se retrouva au pied de l'immense porte en bois derrière laquelle vivaient ceux qui étaient nés nulle part, foule anonyme des importuns, enfants non désirés ou abandonnés, fils ou filles de parents pauvres, morts ou déments. Grisha, répudiée par les siens, venait ajouter sa solitude à la leur.

Elle échappa à la surveillance des gouvernantes et se cacha dans le placard à jouets. Seuls les enfants se risquaient à ouvrir cet antre de poussière. Les poupées avaient depuis bien longtemps perdu les billes qui leur servaient de pupilles. Les petits, avides de caresses, serraient ces êtres de tissu contre eux jusqu'à l'usure. Quand les ours en peluche n'étaient pas manchots, il leur manquait une patte. En fouillant, on pouvait trouver des membres de marionnette arrachés, une tête dévissée, des roues sans carrosse. Le placard avait l'allure d'un cimetière de jouets.

Grisha y serait en sécurité. Elle s'endormit profondément après s'être aménagé une couche au milieu des vieilles peluches éventrées. Quelqu'un finit par lui tirer la manche pour la réveiller. C'était le petit Youri, pas plus haut que trois pommes. Un Va-au-Diable. Toujours avec son filet de morve qui lui pendait au nez. Ni la présence de Grisha dans le placard, pas plus que son ventre rond ne retinrent son attention. Il voulait seulement attraper la carriole en bois sur laquelle Grisha avait posé son bras. Elle lui caressa la tête et lui tendit l'objet. Avant de le lui remettre, elle posa son index sur sa bouche. Aucun adulte ne devait savoir qu'elle était là. Ce serait leur secret.

C'est ainsi que Grisha passa les derniers mois de sa grossesse enfermée dans l'armoire à jeux de l'orphelinat. La nouvelle circula vite parmi les enfants qui s'organisèrent pour lui apporter régulièrement à boire et à manger. Tromper l'attention des surveillants devint un véritable défi. Les plus grands profitaient des jours où les assiettes étaient bien remplies pour glisser de la nourriture dans leurs poches. Un bout de pain, un morceau de viande. Les portions n'étaient pas copieuses mais suffisaient. Ils chargeaient ensuite les petits de faire semblant d'aller chercher un jouet pour apporter le tout à Grisha. Le placard devint son nid, les orphelins sa famille. Jamais les gouvernantes ne soupçonnèrent quoi que ce soit. La nuit, elle sortait se dégourdir les jambes.

Un matin du neuvième mois, Grisha ressentit de violentes douleurs. Un liquide transparent s'écoula entre ses jambes. Elle tenta autant que possible de ne pas crier mais les contractions étaient si fortes qu'elle ne put se retenir. Un hurlement parvint aux oreilles des gouvernantes. Elles accoururent, suivies par les enfants. Grisha était allongée dans le placard, les jambes écartées, le lit de peluches barbouillé de sang. Quand les gouvernantes la reconnurent, une violente dispute éclata. Qu'allait-on faire ? L'aider à accoucher ? Ne rien dire à la famille ? Non, c'était trop risqué. On devait la chasser au plus vite ! Un cri coupa court aux débats, lacérant l'air et les tympans. Grisha sentit sa chair se déchirer, un poids tomber de son ventre. Le bébé était né. Elle le prit dans ses bras, à moitié consciente. Voyant cela, les petits, Miraculés et Va-au-Diable, se mirent à applaudir mais Grisha ne les entendit pas. Un son strident, venu de loin, couvrit leurs acclamations. Elle avait beau se boucher les oreilles, le sifflement s'amplifiait. On courut aux fenêtres. Des oiseaux de feu traversaient le ciel.

On n'avait jamais vu de bombardiers dans la région.

Les gouvernantes oublièrent Grisha, les orphelins et tout le reste. Il fallait rentrer chez soi au plus vite, sauver les siens. En un instant elles désertèrent l'orphelinat. Il ne restait plus que Grisha à l'agonie, son enfant et les orphelins. Maksim, le plus dégourdi, comprit qu'il fallait décamper et expliqua comment gagner les grottes des montagnes. La vallée serait bientôt à feu et à sang. On pouvait emmener le bébé mais Grisha n'avait pas assez de forces pour les suivre. Elle allait les retarder. Il fallait la mettre à l'abri. Ils la transportèrent dans la cave et lui laissèrent autant de vivres qu'ils purent.

Les oiseaux de feu commencèrent à cracher leur venin. Des gerbes de flammes jaillirent là où ils larguaient leur cargaison.

Grisha ne vit pas la course folle des enfants zigzaguant entre les obus. Elle ne vit pas combien d'entre eux moururent écrabouillés, leurs corps en charpie mélangés aux boues de la terre. Elle ne sentit pas le nuage de gaz jaune qui envahit la plaine et fit tomber les plus lents comme des mouches. Ainsi s'affaissa le petit Youri, trop jeune pour devancer le funeste brouillard. Elle ne sut pas que, parmi eux, courant plus vite que les abeilles de fer et le nuage de mort, Maksim parvint à atteindre les falaises, son bébé dans les bras.

L'histoire de son enfant resterait dentelée de vide et d'absence. Plus tard, elle coudrait des récits, remplirait les trous, supposant quand elle pourrait supposer, laissant des pans entiers de son passé en jachère quand aucun indice ne la guiderait. C'est ainsi qu'elle présuma qu'une fois à l'abri dans les rochers, Maksim avait dû croiser la Tochka. Il avait dû croire son heure arrivée, mais la bête les avait miraculeusement épargnés. Peut-être avait-elle reconnu l'odeur de son maître dans celle du nouveau-né ? Jamais Grisha ne saurait comment l'animal les avait protégés, ni si son fils avait tété à sa mamelle. Grisha n'avait pas vu ses yeux blanchir, ni pu le protéger quand, à la fin de la guerre, Maksim et lui avaient tenté de rejoindre le monde des hommes. Elle savait comment cela s'était passé : partout cela s'était déroulé de la même manière, impitoyable. Ils avaient été chassés vers les montagnes. On leur avait jeté des cailloux. Des mots innommables étaient tombés en pluie drue sur leur dos. Alors ils étaient restés dans les massifs, jusqu'à devenir les Invisibles. Tochko était l'un d'eux.

Pendant ce temps, Grisha avait à peine subsisté. Les longs mois de guerre eurent la consistance d'un songe. Les bruits lui parvenaient assourdis dans la cave de l'orphelinat. Elle utilisa ses dernières forces pour boire et se nourrir. Quand la guerre fut finie, elle sortit et contempla le désastre. L'horreur et la désolation s'étalaient à perte de vue. La terre entière était devenue Terre-Morte. Elle sut que son avenir était ailleurs. Loin des hommes. Elle marcha vers les montagnes. Là, elle construisit sa cabane, au cœur de la forêt.

Dès lors elle n'eut de cesse de chercher son enfant. Mais les années passant, sa quête resta vaine. Un jour pourtant, au détour d'une sente, alors qu'elle allait cueillir des plantes, une étrange créature l'attaqua. Un jeune homme au visage émacié dont les yeux incolores perçaient au-delà des êtres. À la fois beau et terrifiant. Un Invisible. Il voulait lui voler ses provisions. Le gamin devait avoir une quinzaine d'années. Il était agressif et grognait. Grisha sentit les poils de sa peau se hérisser. Un curieux sentiment de joie se mêla à sa peur. Son corps entier voulut fondre sur l'adolescent. Elle perçut même quelque chose comme un résidu de chaleur dans son cœur. Mais lui continua de grogner. Comment aurait-il pu la reconnaître ? Depuis sa naissance, son horizon se limitait à la forêt. Des hommes, il n'avait connu que Maksim qui avait été un frère et un père jusqu'à ce qu'il soit abattu dans la plaine, d'un coup de fusil, par une baba à qui il essayait de chaparder une poule. Les humains ne pouvaient que lui nuire. Alors qu'avait-elle à sangloter de la sorte, celle-là ? Il grogna de plus belle. Grisha sut dans l'instant que cet enfant ne serait jamais entièrement le sien. Ses amours avec le Dresseur avaient défié la loi des hommes. Mais elle préférait mourir des mains de son fils plutôt que de tristesse. Alors elle s'offrit à ses coups, résignée, attendant qu'ils ne tombent.

La Tochka, qui ne s'éloignait jamais de l'adolescent, accourut en l'entendant feuler. Elle reconnut Grisha sur-le-champ : les rides avaient essoré son visage et durci sa peau, mais il n'y avait aucun doute. Derrière le masque de bois, c'était bien le regard intact de prune et d'aubépine de la jeune fille qu'elle avait connue. Elle repoussa doucement Tochko. Ils échangèrent des grognements étranges. L'adolescent s'approcha de Grisha, la renifla longuement et finit par effleurer son visage. Il leur faudrait des mois, des années pour apprendre à se connaître. Grisha tenterait de comprendre la langue de son fils tandis que Tochko s'habituerait à réagir de manière moins sauvage. Il apprendrait même à parler. Peu de mots, mais suffisamment. En revanche il ne quitterait jamais le kern où l'ourse l'avait recueilli. La mère et le fils se rendraient visite, de temps en temps. À chaque fois Tochko dirait *C'est bien.*

La braise dans le foyer de la pipe a fini par s'éteindre. Grisha est fatiguée. Elle caresse la tête d'Igor. *Dors mon petit, dors.* Et dans son geste il y a toute la tendresse qu'une baba peut prodiguer à son petit-fils. Igor, dans son sommeil, lui attrape la main. Ils restent un moment ainsi.

Quand nous quittons la cabane de la vieille Grisha, je sais comment cela se finira. J'ignore simplement où et quand. Grisha embrasse Igor comme on dit adieu. Elle aussi connaît la fin. Elle lui parle à l'oreille, pose une main sur son épaule, la serre, puis nous pousse hors du seuil. Elle nous dit de marcher vers l'est, toujours vers l'est. Qu'à un moment donné, nous ne pourrons plus avancer. Qu'arrivés là, seul Igor pourra continuer le voyage. Nous saurons reconnaître l'endroit. Puis elle claque la porte et disparaît.

La faiblesse d'Igor ralentit notre progression. Silencieux, nous avançons dans les montagnes et les vallées que nous avons parcourues, étourdis de jeunesse. La lenteur confère à notre marche des allures de procession. Les animaux, les oiseaux semblent comprendre car ils coupent court à leur chahut sur notre passage. Nous cheminons trois jours durant. Igor est épuisé. Ni lui ni moi n'avons jamais poussé si loin. Le soir, nous nous arrêtons pour camper. Je construis un abri avec des branchages et j'allume un feu. Nous avons emporté un gros sac de poissons séchés, de quoi faire de la soupe d'omoul pour deux semaines. C'est entre chien et loup. Igor est assis près du feu, les jambes repliées. Il est calme. Je suis absorbée par la tâche rébarbative qui consiste à séparer les arêtes de la chair du poisson. L'obscurité tombante force mon attention. La forêt bruisse des craquements habituels – feuilles qui frémissent, premiers hululements qui annoncent la nuit. On peut deviner au loin, assourdi par la distance, le ruissellement d'un cours d'eau. Je sais qu'Igor bientôt s'en ira. Contre cela je ne peux rien. Une incontrôlable envie de pleurer remonte dans ma bouche, mes narines et mes yeux. Mais je ne veux pas qu'elle déborde. J'écoute le bruit de la nuit, la laisse sangloter à ma place dans l'écoulement du ruisseau. Le monde pleure et rit chaque jour sur le monde, et les larmes refluent en silence dans ma gorge. Igor dit simplement *C'est bien.*

Le quatrième jour nous reprenons la route. La terre devient de plus en plus sèche, les arbres de plus en plus bas et tortueux. Nous n'avons jamais vu de végétation aussi rase et aride. Le chemin descend sous le joug d'une lumière compacte. Cette terre n'est pas une terre de sanglots. C'est une terre de vide. Les poumons d'Igor halètent comme des carpes hors de l'eau. Le soleil plombe notre marche.

À plusieurs reprises j'ai l'impression qu'il va expirer.

Nous ralentissons notre allure, captifs du ciel écru, de la poussière chaude qui cuit le crâne, découvrons à chaque pas des herbes nouvelles. Les plants sont rachitiques mais leur taille minuscule favorise la concentration des sucs, si bien que nous sommes pris à la gorge par de puissants alcoolats. Soûls, des insectes marron nous ouvrent la route. Hormis quelques touffes odorantes et autres broussailles, les collines ne sont que pierre chaude et croûte brûlée. La moindre langue de vent soulève des poussiers. Plus nous avançons, plus les coteaux offrent un spectacle de pelade. Lentement, nous pénétrons dans un théâtre de désolation, terre âcre et coriace qui semble chaque seconde jouer sa vie sous la main noire du soleil. Mais ce travail de mort est splendide, lumière crue et épaisse qui tombe sur nous en rocs. De temps en temps, à l'extrémité d'une plante hérissée de piquants, boutonne une fleur. Dans leur obstination blanche, ses pétales pourraient me consoler, je pourrais caresser leur corolle et humer leur parfum, regarder s'évaporer dans l'air métallique des soupirs de vie sublimes. Je pourrais me dire que nous sommes ces flammèches crème qui fulgurent une heure avant de mourir, mais je suis bien trop fatiguée pour penser à autre chose qu'à fixer l'horizon, et c'est déjà bien.

Nous marchons pendant des heures et des heures, frappés par le couvercle en fonte du ciel. Et puis, au détour d'un chemin, nous la voyons. La mer a son manteau de cobalt et le soleil fait rôtir sa cuirasse étoilée. Nous savons que notre voyage s'arrêtera là, au milieu des étoiles du jour, là où finissent de brûler les amours impossibles.

Ni Igor ni moi ne prononçons le moindre mot, nos yeux fixés sur cet horizon tracé par sa propre infinité, sans arbre ni montagne pour le circonscrire. Nos yeux aimantés à cette ligne infinie, par-delà le ciel, la terre et la mer, ruban de couleur mouvante, tantôt bleu, gris ou orangé, confins des nuages, du jour et de la nuit, qui se révèle à nous comme l'ultime destination, celle du dernier voyage. Celui que l'on fait seul.

Avec le couchant, de curieux petits nuages de fumée montent de la plage. Avec eux, des sons lourds et vibrants. Plus nous nous approchons, plus la musique envahit nos corps, résonne en eux. On dirait des tambours. Des chants parviennent à nos oreilles.

Nous dépassons un cimetière de carcasses de tanks qui défie le Grand-Oubli. La rouille a tordu les squelettes de métal.

Nous traversons un bois de pins qui déploient leurs branches en parasol, édifiant un toit de feuillage sucré.

Nous foulons un sol de plus en plus sablonneux. Jusqu'à ce que nos pieds peinent à avancer, chaque pas nous faisant un peu reculer.

Jusqu'à ce qu'elle apparaisse. La mer. Noire et offerte à la nuit, livrée à la lune et au vent, vaste étendue frangée de montagnes, théâtre de la rencontre des colosses, du choc des titans, la mer venant incessamment frapper la pierre, les murs de roche s'opposant à ses attaques tels des gardiens de terre élevés au-dessus de l'eau. Et puis il y a ce ruban de sable, petits grains insignifiants qui crépitent au passage des vagues, millions de minuscules témoins du travail immémorial de l'eau sur la pierre, de ses coups de langue insistants qui érodent petit à petit la forteresse, la réduisant en poudre à force de constance et d'opiniâtreté, la plage couchée en signe de soumission.

Des hommes et des femmes dansent. Aux ourlets des jupes tintent des pièces de cuivre. Dans les lames de feu, on voit leurs yeux noirs et leur peau cuivrée. Ils jouent du tambour et chantent dans une langue inconnue. Ils ont des roulottes, moitié en bois, moitié en carcasses de tanks, gros insectes hybrides qui abritent leurs nuits. Leur chant est une plainte joyeuse, une sorte de danse macabre, comme s'ils connaissaient depuis toujours leur fin, s'y savaient condamnés depuis le premier jour de leur humanité et qu'elle était l'objet de leur fête.

Ils nous laissent nous asseoir un peu en retrait et continuent à marteler le sable de leurs pieds nus et bagués. Par moments leur chant se fait litanie, catalogue de noms, énumération des morts. Parmi eux l'on reconnaît Petit-Ours, Rossignol, le Dresseur et les autres. À la fin de l'oraison, le chant reprend de plus belle, liturgie sauvage et païenne, les fantômes de la famille virevoltent comme autant d'étincelles dans les flammes, sauvés de l'ombre, et les vivants n'oublient pas leurs morts. Mes joues s'enflamment. Igor reste immobile, la bouche entrouverte. Son regard semble enchaîné aux danseurs. Je ne sais plus s'il s'agit d'un début ou d'une fin, je me serre simplement contre lui, remontant la couverture sous notre menton de peur qu'il ne prenne froid. Ce geste est bien incongru car je sais qu'Igor ne craint plus ni les rhumes ni la mort : elle est en train de danser devant lui. Il ne cille pas, n'a pas peur.

Nous veillons toute la nuit. Au petit matin, les saltimbanques rassemblent leurs affaires. Ils étouffent les feux et s'en vont. Une vieille lance comme un signe de protection dans notre direction, mais cela pourrait aussi bien être un mouvement pour chasser une mouche.

Igor s'est levé. Il reste une grande partie de la matinée debout, face à la mer. Le vent souffle. Son corps, pas plus solide qu'une tige, oscille avec les bourrasques. Le voir se fondre ainsi parmi les éléments me rend légère. J'oublie ce que je sais et ce que je ne devrais pas savoir. Je suis là. Simplement là. Et mon existence n'a pas plus d'importance que le nuage ou la bécasse. Pas moins non plus. Il y a uniquement la densité de chaque instant. Avant, rien. Après, rien.

La mer grossit au fur et à mesure que le ciel devient gris. L'atmosphère se ballonne et Igor ne bouge pas, les pieds fichés dans le sable. L'eau, les grains, les embruns, et tous ses membres forment un ensemble solide et cohérent. Je retiens ma respiration. L'instant contient à la fois un grand risque et l'immensité immobile du calme ; le danger existe, mais circonscrit dans quelque chose de beaucoup plus grand.

Nous sommes simplement de passage, murmurent ses cheveux dans le vent. L'instant s'échappe vers un autre, insaisissable. En chute permanente, ou plutôt en grande glissade, car le temps n'est qu'une succession d'effondrements à l'infini. Ceux des hommes, de la peau, des dents, de tout ce qui naît et meurt. Une suite de dégringolades, d'ongles, de cheveux, de vie.

Je me laisse bercer par le chuintement de ses poumons qui se mélange au ressac. À l'horizon, on ne distingue plus la ligne qui sépare le ciel de la mer. Seulement une large zone de contact, grise et étirée. On dirait que les oiseaux planent dans cet entre-deux. Je sais qu'Igor regarde aussi dans cette direction. Il est légèrement penché en avant. Appelé. Je peux deviner ce qui va advenir.

Igor fera un pas. Puis un autre. Il avancera jusqu'à la mer. Son corps se mêlera à l'eau, ses cheveux aux algues. Il continuera à avancer jusqu'à rejoindre les éléments. Depuis la tempête, le peuple du Grand-Sommeil le réclame. Il ne peut se refuser à lui plus longtemps.

Je n'ai pas peur. Je sais que je le laisserai faire. Cela devrait me désespérer, je devrais crier, me battre, chercher à le retenir. Pourtant cela me procure une immense sensation de calme. Le chemin parcouru avec lui a été un long enseignement d'abandon.

Igor avance. Je devine qu'il sourit. Alors je souris aussi. L'eau lui mordille les chevilles. Son corps est déjà clair, statue modelée par les vagues, constellée de sel. Ses cheveux volettent telles des ailes d'oiseaux au-dessus de sa tête.

Petit à petit ma bouche est envahie de mots. Je ne peux les retenir. Ils sortent en mélodie, ronde et sucrée. C'est le chant du dernier voyage. Il flotte au vent, fragile et duveteux, plume d'oie en suspens. Igor se retourne. Son visage est en paix, empli de confiance. Je lui souris, et cela veut dire *Va.* Il tourne de nouveau sa tête vers l'horizon, fait un pas, puis un autre. Je continue à chanter, accompagnée par le refrain des vagues et le souffle de la brise. Le monde entier chante avec moi.

Igor s'enfonce petit à petit jusqu'à disparaître complètement.

Je sais que cette fois il ne reviendra pas.

Sous mes pieds je sens quelque chose de froid. À moitié enterrées dans le sable, deux pièces de cuivre. Elles ont dû se décrocher d'une jupe pendant la nuit. Je les ramasse et vais les jeter dans l'eau. Pour payer le Passage.

Car nous sommes tous de passage. Simplement de passage.

REMERCIEMENTS

Ce livre n'existerait pas sans le concours des miens. Stéphane, tout d'abord, qui n'a jamais cessé de m'encourager et de croire en la publication de ce roman. Violette et Louison qui ont laissé leur maman travailler. Mes parents, Rollande et Jean-Fabien. Ninon et Jean-Manuel. Christine. À tous, ce livre doit beaucoup.

Une pensée particulière pour mes grands-parents, Aimée et Raymond, Madeleine et Roger. Il me plaît de les sentir vivants dans ces pages.

Merci aux amis qui ont accompagné de près l'écriture de ce texte : Audrey, Paul-André, Magalie.

À ceux qui, à un moment ou un autre, ont été un soutien : Marianne, Donata, Émilie, Cédric, Dominique, Béatrice, Wladimir, Christophe, Guillaume, Carine, Pascal, Lolo, Maurice, Jean-Louis, Juliette, Carole, Robert, Marie-Anne, Judith, Sophie, Julie, Jean-Laurent, MMK, Emma, Marco, Audrey V., Benoît C., Corinne V., Violaine, Christelle, Virginie, Denis, Véronique, Salomé, Philippe Jaenada.

Aux capitaines, aux vieux de chez moi, aux montagnes, à la plage d'Irakli.

À Laurent Honoré, Annie Hugon, Jean-Louis Rech, Gérard Charpentier, Vanessa Gustaw, Ornella Cadoux, Jean-François Dalle, ainsi qu'à tous les organisateurs de concours de nouvelles et directeurs de revue qui m'ont accordé leur confiance.

Une reconnaissance toute particulière à Thierry Boucard, sans qui ce texte ne serait pas le même.

Et une gratitude infinie à Marc Villemain qui a rendu tout cela possible.

DE LA MÊME AUTRICE

Aux Éditions du Sonneur

UNE IMMENSE SENSATION DE CALME, 2018 (Folio n° 6808). Prix SGDL Révélation.

LE SANCTUAIRE, 2020.

COLLECTION FOLIO

Dernières parutions

6619. Elsa Triolet	*Le destin personnel* suivi de *La belle épicière*
6620. Brillat-Savarin	*Dis-moi ce que tu manges, je te dirai ce que tu es*
6621. Lucrèce	*L'esprit et l'âme se tiennent étroitement unis. De la nature, Livre III*
6622. La mère du révérend Jôjin	*Un malheur absolu*
6623. Ron Rash	*Un pied au paradis*
6624. David Fauquemberg	*Bluff*
6625. Cédric Gras	*La mer des Cosmonautes*
6626. Paolo Rumiz	*Le phare, voyage immobile*
6627. Sebastian Barry	*Des jours sans fin*
6628. Olivier Bourdeaut	*Pactum salis*
6629. Collectif	*À la table des diplomates. L'histoire de France racontée à travers ses grands repas. 1520-2015*
6630. Anna Hope	*La salle de bal*
6631. Violaine Huisman	*Fugitive parce que reine*
6632. Paulette Jiles	*Des nouvelles du monde*
6633. Sayaka Murata	*La fille de la supérette*
6634. Hannah Tinti	*Les douze balles dans la peau de Samuel Hawley*
6635. Marc Dugain	*Ils vont tuer Robert Kennedy*
6636. Collectif	*Voyageurs de la Renaissance. Léon l'Africain, Christophe Colomb, Jean de Léry et les autres*
6637. François-René de Chateaubriand	*Voyage en Amérique*

6638. Christelle Dabos	*La Passe-miroir, Livre III. La mémoire de Babel*
6639. Jean-Paul Didierlaurent	*La fissure*
6640. David Foenkinos	*Vers la beauté*
6641. Christophe Honoré	*Ton père*
6642. Alexis Jenni	*La conquête des îles de la Terre Ferme*
6643. Philippe Krhajac	*Un dieu dans la poitrine*
6644. Eka Kurniawan	*Les belles de Halimunda*
6645. Marie-Hélène Lafon	*Nos vies*
6646. Philip Roth	*Pourquoi écrire ? Du côté de Portnoy – Parlons travail – Explications*
6647. Martin Winckler	*Les Histoires de Franz*
6648. Julie Wolkenstein	*Les vacances*
6649. Naomi Wood	*Mrs Hemingway*
6650. Collectif	*Tous végétariens ! D'Ovide à Ginsberg, petit précis de littérature végétarienne*
6651. Hans Fallada	*Voyous, truands et autres voleurs*
6652. Marina Tsvétaïéva	*La tempête de neige – Une aventure*
6653. Émile Zola	*Le Paradis des chats*
6654. Antoine Hamilton	*Mémoires du comte de Gramont*
6655. Joël Baqué	*La fonte des glaces*
6656. Paul-Henry Bizon	*La louve*
6657. Geneviève Damas	*Patricia*
6658. Marie Darrieussecq	*Notre vie dans les forêts*
6659. Étienne de Montety	*L'amant noir*
6660. Franz-Olivier Giesbert	*Belle d'amour*
6661. Jens Christian Grøndahl	*Quelle n'est pas ma joie*
6662. Thomas Gunzig	*La vie sauvage*
6663. Fabrice Humbert	*Comment vivre en héros ?*
6664. Angela Huth	*Valse-hésitation*

6665. Claudio Magris — *Classé sans suite*
6666. János Székely — *L'enfant du Danube*
6667. Mario Vargas Llosa — *Aux Cinq Rues, Lima*
6668. Alexandre Dumas — *Les Quarante-Cinq*
6669. Jean-Philippe Blondel — *La mise à nu*
6670. Ryôkan — *Ô pruniers en fleur*
6671. Philippe Djian — *À l'aube*
6672. Régis Jauffret — *Microfictions II. 2018*
6673. Maylis de Kerangal — *Un chemin de tables*
6674. Ludmila Oulitskaïa — *L'échelle de Jacob*
6675. Marc Pautrel — *La vie princière*
6676. Jean-Christophe Rufin — *Le suspendu de Conakry. Les énigmes d'Aurel le Consul*
6677. Isabelle Sorente — *180 jours*
6678. Victor Hugo — *Les Contemplations*
6679. Michel de Montaigne — *Des Cannibales / Des coches*
6680. Christian Bobin — *Un bruit de balançoire*
6681. Élisabeth de Fontenay et Alain Finkielkraut — *En terrain miné*
6682. Philippe Forest — *L'oubli*
6683. Nicola Lagioia — *La Féroce*
6684. Javier Marías — *Si rude soit le début*
6685. Javier Marías — *Mauvaise nature.* Nouvelles complètes
6686. Patrick Modiano — *Souvenirs dormants*
6687. Arto Paasilinna — *Un éléphant, ça danse énormément*
6688. Guillaume Poix — *Les fils conducteurs*
6689. Éric Reinhardt — *La chambre des époux*
6690. Éric Reinhardt — *Cendrillon*
6691. Jean-Marie Rouart — *La vérité sur la comtesse Berdaiev*
6692. Jón Kalman Stefánsson — *Ásta*
6693. Corinne Atlan — *Petit éloge des brumes*
6694. Ludmila Oulitskaïa — *La soupe d'orge perlé* et autres nouvelles

6721. Philippe Le Guillou — *Le roi dort*
6722. Jean-Noël Pancrazi — *Je voulais leur dire mon amour*
6723. Maria Pourchet — *Champion*
6724. Jean Rolin — *Le traquet kurde*
6725. Pénélope Bagieu — *Culottées Livre II-partie 1*
6726. Pénélope Bagieu — *Culottées Livre II-partie 2*
6727. Marcel Proust — *Vacances de Pâques* et autres chroniques
6728. Jane Austen — *Amour et amitié*
6729. Collectif — *Scènes de lecture. De saint Augustin à Proust*
6730. Christophe Boltanski — *Le guetteur*
6731. Albert Camus et Maria Casarès — *Correspondance. 1944-1959*
6732. Albert Camus et Louis Guilloux — *Correspondance. 1945-1959*
6733. Ousmane Diarra — *La route des clameurs*
6734. Eugène Ébodé — *La transmission*
6735. Éric Fottorino — *Dix-sept ans*
6736. Hélène Gestern — *Un vertige* suivi de *La séparation*
6737. Jean Hatzfeld — *Deux mètres dix*
6738. Philippe Lançon — *Le lambeau*
6739. Zadie Smith — *Swing Time*
6740. Serge Toubiana — *Les bouées jaunes*
6741. C. E. Morgan — *Le sport des rois*
6742. Marguerite Yourcenar — *Les Songes et les Sorts*
6743. Les sœurs Brontë — *Autolouange* et autres poèmes
6744. F. Scott Fitzgerald — *Le diamant gros comme le Ritz*
6745. Nicolas Gogol — *2 nouvelles de Pétersbourg*
6746. Eugène Dabit — *Fauteuils réservés* et autres contes
6747. Jules Verne — *Cinq semaines en ballon*
6748. Henry James — *La Princesse Casamassima*
6749. Claire Castillon — *Ma grande*

Composition Nord compo

Impression Novoprint

à Barcelone, le 30 avril 2020

Dépôt legal : avril 2020

ISBN 978-2-07-285820-8./Imprimé en Espagne.

356189